arthur
e os minimoys

LUC BESSON

arthur
e os minimoys

Baseado na idéia original de
Céline GARCIA

Tradução
RENÉE EVE LEVIÉ

martins
Martins Fontes

O original desta obra foi publicado em francês com o título *ARTHUR ET LES MINIMOYS*.
Copyright © 2002, EuropaCorp – Avalanche Productions – Apipoulaï Prod.
Copyright © 2002, INTERVISTA
Copyright © 2005, Livraria Martins Fontes Editora Ltda.,
São Paulo, para a presente edição.

1ª edição
maio de 2005
1ª reimpressão
junho de 2007

Tradução
Renée Eve Levié

Preparação do original
Flavia Schiavo
Revisões gráficas
Eliane de Abreu Maturano Santoro
Tereza Gouveia
Produção gráfica
Demétrio Zanin
Paginação/Fotolitos
Studio 3 Desenvolvimento Editorial
Impressão e acabamento
Yangraf

Dados Internacionais de Catalogação na Publicação (CIP)
(Câmara Brasileira do Livro, SP, Brasil)

Besson, Luc
Arthur e os minimoys / Luc Besson ; obra baseada na idéia original de Céline Garcia ; [tradução Renée Eve Levié]. – São Paulo : Martins, 2005.

Título original: Arthur et les minimoys.
ISBN 85-99102-16-8

1. Literatura infanto-juvenil I. Garcia, Céline. II. Título.

05-2310   CDD-028.5

Índices para catálogo sistemático:
1. Literatura infanto-juvenil 028.5
2. Literatura juvenil 028.5

Todos os direitos desta edição para o Brasil reservados à
Livraria Martins Fontes Editora Ltda. *para o selo Martins.*
Rua Conselheiro Ramalho, 330 01325-000 São Paulo SP Brasil
Tel. (11) 3241.3677 Fax (11) 3115.1072
e-mail: info@martinseditora.com.br http://www.martinseditora.com.br

volume 1

capítulo 1

Crestado por um sol abrasador, o campo estava ondulante e verdejante como sempre. Um céu de anil velava sobre ele, e algumas pequenas nuvens de algodão pareciam a postos para defendê-lo.

O campo estava lindo, como havia estado todas as manhãs daquelas longas férias de verão, e até os pássaros pareciam usufruí-lo preguiçosamente.

Nada naquela bela manhã deixava prever a terrível aventura que estava prestes a começar.

No meio do vale havia esse pedaço de jardim situado à margem de um riacho e, principalmente, aquela casa com seu estilo estranho. Ela era toda em madeira, vagamente colonial, com certeza provincial, e tinha uma longa sacada. Em uma das laterais havia uma grande garagem, que era mais utilizada como oficina, na qual se apoiava uma grande cisterna de madeira.

Um pouco mais adiante, um velho moinho de vento vigiava o jardim, como um farol vigia seus barcos. Parecia girar para nos agradar. Não esqueçamos que naquele pequeno recanto paradisíaco até o vento soprava com suavidade. Naquele dia, porém, um sopro de terror invadiria aquela casa tranqüila.

A porta de entrada explodiu literalmente, e a figura de uma velha senhora ocupou todo o espaço do topo da escada.

– Arthur!!! – gritou a plenos pulmões.

Vovó tinha cerca de 60 anos de idade. Era mais para rechonchuda, mesmo se a missão de seu bonito vestido preto, bordado de renda, fosse dissimular suas curvas.

Ela terminou de colocar as luvas, ajeitou o chapéu na cabeça e puxou a corrente do sino com força.

– Arthur!!! – gritou novamente, sem obter nenhuma resposta. – Onde será que ele se meteu agora? E o cachorro? Desapareceu também?... Alfredo!!!

Vovó resmungava como uma tempestade distante. Ela não gostava de se atrasar.

Deu meia-volta e entrou outra vez em casa.

A decoração interior era sóbria, mas de bom gosto. O chão de tábua corrida estava bem encerado, e a renda se apoderara de todos os móveis, como a hera se apodera dos muros.

Ela calçou as pantufas de feltro e, resmungando, atravessou a sala.

– "A senhora verá, é um excelente cão de guarda!" Como pude me deixar enganar com tanta facilidade?

Chegou à escada que dava para os quartos.

– O que será que esse cachorro tanto guarda? Ele nunca está em casa! Como Arthur. Esses dois são duas correntes de vento! – estrondeou, abrindo a porta de um dos quartos. O de Arthur, evidentemente.

Para um quarto de criança, até que estava bem arrumado, uma tarefa que não parecia difícil, já que quase não havia brinquedos, exceto alguns de madeira de outras épocas.

– Vocês acham que ele ficaria preocupado se visse a coitada da avó correndo atrás dele o dia todo? Que nada! – queixou-se, enquanto caminhava para o fim do corredor. – E olha que não estou pedindo nada de mais! Apenas que fique quieto cinco minutos por dia, como todas as crianças da sua idade – acrescentou, erguendo os olhos para o teto.

De repente parou. Acabara de ter uma idéia. Aguçou os ouvidos para ouvir a casa, estranhamente silenciosa.

– Cinco minutos de calma... onde será que ele poderia estar brincando tranqüilamente... em um canto... sem fazer barulho... – falou baixinho, enquanto deslizava para o fundo do corredor.

Aproximou-se da última porta, onde se liam as seguintes palavras gravadas em uma placa de madeira: 'Entrada proibida'. Abriu-a bem devagar para surpreender possíveis intrusos.

Infelizmente a porta traiu-a com um ranger suave, sorrateiro. Vovó fez uma careta e, por um instante, o rangido pareceu sair de sua boca. Enfiou a cabeça no aposento proibido.

* * *

O sótão havia sido transformado em um grande local de trabalho, uma mistura de brechó colorido e escritório de algum professor meio doido. De um lado a outro havia uma grande estante transbordando de livros encadernados em couro. No alto, a faixa de seda que decorava o sótão propunha o seguinte enigma: 'As palavras muitas vezes escondem outras'. Portanto, nosso sábio também era um filósofo.

Vovó caminhou com muito cuidado no meio daquele bricabraque, que certamente tendia para o africano. Lanças espalhadas aqui e ali pareciam brotar do chão como bambus. Uma magnífica coleção de máscaras africanas estava pendurada na parede. Eram maravilhosas, mas... espere, faltava uma. Havia um espaço vazio, com apenas um prego, bem no meio da parede.

Foi assim que ela teve sua primeira pista. Agora ela só precisava ir atrás dos roncos, que se tornavam cada vez mais perceptíveis.

Deu mais alguns passos e descobriu o neto, Arthur, deitado no chão, com a máscara africana sobre o rosto, o que amplificava bastante seus roncos.

Alfredo como sempre estava deitado ao lado dele, e seu rabo batia de maneira ritmada na máscara de madeira.

Vovó não conseguiu deixar de sorrir diante daquele quadro comovente.

– Você poderia pelo menos latir quando eu chamo. Há uma hora que procuro vocês! – murmurou ao cachorro para não acordar Arthur bruscamente. Alfredo olhou-a com olhos cúmplices e doces.

– Ora, não faça essa carinha de infeliz. Você sabe muito bem que eu não quero que entrem no quarto do vovô, nem que mexam nas coisas dele – disse com firmeza antes de começar a tirar a máscara do rosto de Arthur bem devagar.

Sua cabecinha de anjo travesso apareceu na luz. Vovó derreteu-se como neve no sol. Era verdade que quando ele dormia ela sentia vontade de comer aquele coelhinho sardento de cabelos arrepiados. Era tão bom ver aquela inocência descansando, aquele homenzinho desarticulado tão despreocupado.

Soltou um suspiro de felicidade diante daquele ser que preenchia sua vida.

Alfredo ganiu um pouco, certamente de ciúme.

– Ora, agora chega! E se eu estivesse em seu lugar ficaria quietinho para que me esquecessem durante cinco minutos – disse ao cachorro.

Alfredo pareceu entender o aviso.

Vovó apoiou suavemente a mão no rosto da criança.

– Arthur? – murmurou baixinho, mas os roncos só aumentaram.

Ela resolveu, então, falar com mais força.

– Arthur! – trovejou no aposento, que ecoou o chamado.

O menino, que estava no meio de uma batalha, acordou sobressaltado e sentou-se desorientado.

– Socorro! Um ataque! Homens, comigo! Alfredo! Formem um círculo! – balbuciou ainda meio adormecido.

Vovó segurou-o com firmeza.

– Calma, Arthur! Sou eu. É a vovó – repetiu várias vezes.

Arthur voltou à realidade, parecendo se dar conta de onde estava e, principalmente, na frente de quem.

– Desculpe, vovó... eu estava na África.

– Estou vendo – respondeu vovó sorrindo. – Fez boa viagem?

– Ótima! Eu estava em uma tribo africana com o vovô. Todos da tribo eram amigos dele – acrescentou a título de explicação.

Vovó balançou a cabeça afirmativamente e entrou na brincadeira.

– Estávamos cercados de dezenas de leões ferozes, que apareceram do nada!

– Ó, meu Deus! E o que você fez para sair dessa situação? – inquietou-se (de mentirinha) vovó.

– Eu, nada – respondeu o neto com certa modéstia. – Vovô foi quem fez tudo! Ele abriu um quadro enorme, e nós o esticamos bem no meio da floresta.

– Um quadro? Que quadro?

Arthur ficou em pé e subiu em uma caixa para alcançar a prateleira que o interessava na estante. Apanhou um livro e abriu-o rapidamente na página que queria.

– Este. Está vendo? Ele pintou um quadro inteiro dentro de um círculo. Assim os animais ferozes ficam dando voltas e não podem nos encontrar. Nós ficamos... invisíveis – concluiu com ar satisfeito.

– Invisível, mas não sem cheiro! – revidou vovó.

Arthur fez de conta que não entendeu.

– Você tomou banho hoje de manhã?

– Eu estava morrendo de vontade de tomar um quando esbarrei neste livro. É tão maravilhoso que acabei esquecendo todo o resto – confessou enquanto folheava as páginas. – Veja todos esses desenhos! São os trabalhos que o vovô fez das tribos mais isoladas.

Vovó deu uma olhadela nos desenhos que ela conhecia de cor.

– O que vejo é que ele era mais apaixonado pelas tribos africanas do que pela própria – respondeu a senhora bem humorada.

Arthur mergulhara outra vez nos desenhos.

– Veja este. Ele escavou um poço superprofundo e inventou um sistema com bambus para transportar água por mais de um quilômetro!

– Isso é muito inteligente, mas os romanos inventaram esse sistema muito antes dele. Chamava-se aqueduto – lembrou vovó.

Essa página da história parecia ter escapado por completo a Arthur.

– Os romanos? Nunca ouvi falar dessa tribo! – comentou ingenuamente.

Vovó não pôde deixar de sorrir e aproveitou para passar a mão nos cabelos despenteados do neto.

– É uma tribo muito antiga, que viveu na Itália há muito tempo – explicou. – Seu chefe se chamava César.

– Como a salada? – perguntou Arthur interessado.
– Sim, como a salada – respondeu vovó sorrindo ainda mais.
– Agora vamos, arrume tudo isso. Nós vamos até a cidade fazer compras.
– Isso quer dizer que não vou tomar banho hoje? – alegrou-se o menino.
– Não, isso quer dizer que você não vai tomar banho agora. Vai tomar quando a gente chegar. Anda, corre – ordenou vovó.

Arthur arrumou os livros espalhados por todo o aposento, enquanto vovó pendurava a máscara africana em seu lugar. Era verdade que todas aquelas máscaras de guerreiros, que o marido ganhara de algumas tribos africanas em sinal de amizade, tinham um ar altivo. Olhou-as durante alguns segundos, provavelmente recordando algumas das aventuras que compartilhara com o marido desaparecido.

A saudade a invadiu por alguns segundos, e ela soltou um profundo suspiro, longo como uma lembrança.

– Vovó, por que o vovô foi embora?

A frase ressoou no silêncio pegando-a de surpresa.

Ela olhou para Arthur, que estava diante do retrato do avô de capacete e uniforme colonial de gala. Não respondeu imediatamente. Isso sempre acontecia quando a emoção estava à flor da pele. Foi até a janela e respirou o mais fundo que conseguiu.

– Bem que eu gostaria de saber... – respondeu antes de fechá-la.

Permaneceu ali um instante, observando o jardim através dos vidros.

O velho anão de jardim, orgulhosamente plantado ao pé de um carvalho imponente que reinava sobre o lugar, sorriu para ela. Quantas lembranças aquele velho carvalho devia ter guardado durante sua longa existência... Provavelmente ele seria capaz de contar esta história melhor do que ninguém, mas quem falou foi vovó.

– Ele passava muito tempo no jardim, junto à árvore que tanto amava. Dizia que aquela árvore era 300 anos mais velha do que ele. E que, por causa disso, o velho carvalho tinha muitas coisas para lhe ensinar.

Sem fazer barulho, Arthur havia se sentado na poltrona para deleitar-se com a história que começava.

– Eu ainda o vejo ao entardecer com sua luneta, observando as estrelas durante toda a noite – contou vovó com voz suave. – A lua cheia brilhava sobre os campos. Era... maravilhoso! Eu podia observá-lo durante horas e horas quando ele ficava assim, apaixonado, fazendo piruetas como uma borboleta atraída pela luz.

Ela sorriu ao rever a cena gravada em sua memória. Depois, aos poucos, o bom humor desapareceu e o rosto endureceu.

– ... Depois amanheceu, a luneta ali... e ele havia desaparecido. Já se passaram quase quatro anos.

Arthur ficou um pouco surpreso.

– Ele desapareceu assim, sem dizer uma palavra, nada?

Vovó balançou a cabeça lentamente.

– Devia ser algo muito importante para partir assim, sem ao menos nos avisar – respondeu com uma ponta de humor.

Bateu palmas como se explodisse uma bolha de sabão, subitamente, para quebrar o encanto.

– Anda! Vamos chegar atrasados. Rápido, ponha o colete.

Arthur saiu correndo alegre para o quarto. Só as crianças têm essa capacidade de passar tão facilmente de uma emoção para outra, como se antes dos dez anos os acontecimentos mais pesados não tivessem, de fato, peso algum.

Vovó sorriu ao pensar nisso, justamente ela, para quem esquecer o peso das coisas era muito difícil, mesmo que fosse por apenas poucos segundos.

Ajeitou o chapéu na cabeça pela segunda vez.

Atravessou o jardim da frente e dirigiu-se a sua caminhonete Chevrolet, mais fiel do que uma velha mula.

Sem parar de correr, Arthur colocou o colete e deu a volta no carro automaticamente, como faz todo bom passageiro.

Para ele, dar uma volta naquela astronave digna dos pioneiros do espaço era sempre uma aventura.

Vovó mexeu em dois ou três botões e virou a chave, mais dura do que a maçaneta enferrujada de alguma velha porta.

O motor tossiu, cuspiu, tomou impulso, travou, engasgou, engoliu, exaltou-se e, finalmente, funcionou.

Arthur adorava o ronronar suave do velho *diesel*, parecido com o barulho de uma máquina de lavar roupa capenga.

Alfredo, que parecia não estar nem um pouco interessado nessas reflexões, ficou longe do carro. Toda aquela barulheira para conseguir tão poucos resultados o deixava perplexo.

Vovó dirigiu-se a ele.
— Excepcionalmente, e sem querer contrariá-lo, é claro, será que eu podia lhe pedir um favor?
O cachorro levantou uma das orelhas. Muitas vezes os favores estavam associados a recompensas.
— Vigie a casa! — ordenou vovó peremptoriamente.
Alfredo latiu, sem entender ao certo o que ele acabara de aceitar.
— Obrigada. É muito amável da sua parte — agradeceu educadamente a velha senhora.

Ela soltou o freio de mão, que mais parecia a alça de uma passagem de nível de trem, e dirigiu a caminhonete para a saída da propriedade.

A nuvem de poeira que se formou chamou a atenção de uma brisa calma que acalentava permanentemente aquele campo encantador. E a caminhonete afastou-se para a civilização pela minúscula estrada que serpenteava a colina verdejante.

A cidade não era muito grande, porém era agradável.

A larga avenida central abrigava a quase totalidade dos comércios.

Ali se encontrava tudo o que fosse útil, de produtos de mercearia a sapatos.

Na realidade, não havia espaço para coisas supérfluas quando se vivia tão afastado de tudo.

A civilização ainda não atingira, com demasiada violência, aquele pequeno povoado, que parecia ter se desenvolvido naturalmente ao longo do tempo.

E, mesmo quando os primeiros postes de luz fizeram sua aparição na avenida principal, eles iluminavam mais charretes puxadas a cavalo e bicicletas do que automóveis.

Basta dizer que a caminhonete da vovó tinha, naquele lugar, o efeito de um Rolls-Royce.

Ela parou na frente de uma loja que devia ser a mais importante da cidade. Uma placa imponente indicava com certo orgulho o nome do lugar e o que se vendia nele:

'Empresa Davido – gêneros alimentícios em geral'.

Nem é preciso dizer que as mercadorias daquele estabelecimento eram variadíssimas.

Arthur adorava ir ao supermercado, a única loja que servia de estação espacial naquela região quase medieval. Como ele andava de *Sputnik*, havia uma lógica nisso tudo, mesmo que essa lógica pertencesse apenas às crianças.

Vovó arrumou-se um pouco antes de entrar no prédio, especialmente antes de cruzar com Martim, o policial.

Ele tinha cerca de 40 anos, um cabelo que já começava a ficar grisalho. Um olhar de cão de caça, mas o sorriso lhe dava um ar jovial e bem-humorado.

Ser policial não era exatamente o que Martim gostava de fazer. Infelizmente a fábrica era distante demais para ele.

Adiantou-se correndo e abriu a porta para vovó.

– Obrigada, senhor policial – agradeceu gentilmente vovó, que não era nem um pouco insensível à cortesia masculina.

— De nada, madame Suchot. É sempre um prazer ver a senhora na cidade — respondeu Martim com um pouco de charme.

— E é sempre um prazer encontrá-lo, senhor policial — retribuiu vovó, feliz em poder brincar um pouco com ele.

— O prazer é todo meu, madame Suchot. E os prazeres são bem raros aqui, acredite.

— Eu acredito, senhor policial — ela concordou.

Martim torcia o quepe entre as mãos como se isso pudesse ajudá-lo a entabular uma conversa.

— ... Precisa de algo em sua casa? Está tudo em ordem?

— Trabalho é que não falta, mas serve para espantar a monotonia, o que já é alguma coisa. Além disso, tenho meu pequeno Arthur. É bom ter um homem em casa — disse isso, espremendo com força o cabelo leonino do garoto.

Arthur detestava que fizessem 'fonfom' com sua cabeça como se ela fosse uma buzina. Tinha a impressão de ser uma bolinha que faz barulho ou um palhaço com guizos.

Desvencilhou-se da mão com um gesto que não deixava dúvidas. Isso fez com que Martim se sentisse ainda mais desconfortável.

— E... e o cachorro que meu irmão vendeu para a senhora? Está se comportando direitinho?

— Melhor ainda! É uma verdadeira fera! Quase indomável! — informou vovó. — Felizmente, meu Arthurzinho, que conhece a África como a palma da mão, conseguiu domá-lo usando as técnicas de domador que ele aprendeu com as tribos longínquas, no coração da selva. Agora o animal está completamente subjugado, mesmo que a gente saiba que a fera que existe nele está apenas adormecida. Por sinal, ele dorme muito – acrescentou bem humorada.

Martim estava um pouco perdido, sem saber em que ponto terminava a realidade e começava a brincadeira.

– Muito bem, muito bem... fico muito contente, madame Suchot – balbuciou antes de se despedir a contragosto. – Então... até breve, madame.

– Até breve, senhor policial – despediu-se vovó cordialmente.

Martim aguardou enquanto entravam e depois soltou a porta devagar, como se solta um suspiro.

Arthur precisou usar toda a sua força para separar os dois carrinhos de compras, que pareciam estar loucamente apaixonados um pelo outro.

Ele foi atrás da vovó, já em um dos quatro corredores do mercado com a lista de compras na mão.

Arthur freou deslizando os pés, que era a melhor maneira de diminuir a velocidade do carrinho de compras.

Grudou na vovó para não ser ouvido.

– Vovó, me diz uma coisa, o policial não estava paquerando a senhora, estava? – perguntou sem nenhum acanhamento.

Vovó sentiu um leve estremecimento, mas pareceu que ninguém ouvira. Pigarreou ligeiramente enquanto procurava as palavras certas.

— Mas ora... Arthur! De onde você tirou esse vocabulário? — perguntou espantada.
— Ué, mas é verdade. Assim que ele vê a senhora começa a andar feito um pato e parece que vai engolir o quepe. É um tal de 'madame Suchot' daqui, 'madame Suchot' dali...
— Arthur! Agora chega! — ordenou secamente vovó. — E comporte-se. Não se compara gente com pato! — exclamou ofendida.

Arthur deu de ombros, nem um pouco convencido de sua indelicadeza. Afinal, ele apenas revelara uma verdade. Sempre essa mesma verdade, aquela que as crianças constroem para si mesmas e que muitas vezes apaga as nossas.

Vovó recuperou um pouco a calma e tentou dar uma explicação, apenas para confrontar as verdades.

— Ele é gentil comigo, como são todas as pessoas da cidade — explicou com ar sério. — Seu avô era muito querido aqui. Ele ajudava todos com suas invenções, como costumava fazer antigamente na África ou em outros povoados. As pessoas me apoiaram bastante quando ele desapareceu.

A conversa estava ficando séria. Arthur percebeu e parou de gesticular.

— Acredite, sem a gentileza e a afeição das pessoas eu provavelmente não teria agüentado tanto sofrimento — confessou com humildade.

Arthur ficou calado. Quando se tem dez anos não se sabe o que dizer em certas situações.

Vovó acariciou a cabeça do neto e entregou-lhe a lista de compras.

— Toma. Deixo as compras com você. Eu sei que você gosta disso. Preciso buscar uma coisa na senhora Rosenberg. Você me espera na caixa se terminar antes de eu voltar?

Arthur concordou com a cabeça, feliz com a idéia de que iria percorrer as prateleiras a bordo de sua nave de ferro.

— Posso comprar alguns canudinhos? — perguntou inocentemente.

Vovó abriu um largo sorriso.

— Pode, meu querido. Quantos quiser.

Era o que bastava para tornar aquela manhã a mais importante de todas.

Vovó atravessou a grande avenida com cuidado, olhando para a direita e para a esquerda, atenção um pouco exagerada considerando o trânsito do local. Talvez fosse algum reflexo de uma antiga lembrança de quando ela e o marido percorriam as grandes capitais da Europa e da África.

Entrou na pequena loja de quinquilharias dos Rosenberg, cujo sino na porta de entrada merecia por si só uma história à parte. A senhora Rosenberg apareceu como um diabo que salta de sua caixa.

É preciso mencionar que ela aguardava a chegada da amiga grudada na vitrina, espiando a rua por mais de uma hora.

— Ele não seguiu você? — perguntou animada demais para dizer bom-dia.

Vovó olhou rapidamente ao redor.
— Não, acho que não. Acho que não desconfia de nada.
— Perfeito! Perfeito! — disse a comerciante impaciente, dirigindo-se para o fundo da loja.

Debruçou-se atrás do imponente balcão de madeira do Líbano, apanhou uma caixa envolta em um saco de papel e colocou-a delicadamente em cima da madeira antiga.

— Pronto, está tudo aqui — informou a vendedora de quinquilharias com um sorriso travesso, parecendo voltar aos 5 anos de idade.

— Obrigada, a senhora é fantástica. Isso me salvou a vida! Quanto lhe devo?

— Imagine! Nada! Eu me diverti muito!

Vovó ficou agradavelmente surpresa, mas insistiu por educação.

— É muito gentil de sua parte, senhora Rosenberg... mas eu não posso aceitar de graça.

A vendedora, que já se virara na direção da porta, enfiou a caixa nos braços da vovó.

— Vamos, não insista, e ande logo antes que ele perceba alguma coisa!

Por pouco não expulsou a senhora da loja.

Vovó, parando na soleira, ainda disse:

— Assim eu fico encabulada... nem sei como lhe agradecer — confessou com certa tristeza.

A senhora Rosenberg segurou-a pelos ombros e sacudiu-a amigavelmente.

– A senhora me deixou participar. Nada poderia ter-me dado mais prazer.

As duas mulheres trocaram um sorriso de cumplicidade. É preciso ter vivido mais de sessenta anos para poder compartilhar esse tipo de sorriso sem começar a se debulhar em lágrimas.

– Vamos! Pra fora! – ordenou a vendedora. – E eu espero que a senhora me conte tudo amanhã, nos mínimos detalhes!

Vovó concordou com um leve sorriso.

– Eu contarei. Até amanhã.

– Até amanhã – repetiu a amiga, voltando para seu posto de observação no canto da vitrina.

Um pouco mais adiante, vovó abriu a porta da caminhonete e enfiou a misteriosa caixa debaixo de um velho cobertor.

– Como é excitante! – murmurou a vendedora de quinquilharias, batendo palmas de emoção.

Quando vovó reencontrou o neto na caixa do mercado, ele já esvaziara o carrinho de compras em cima da esteira rolante. Realmente, o que pode ser mais divertido do que brincar de trenzinho, alternando vagões de macarrão e caixas de creme dental, açúcar e xampu de maçã?

Vovó olhou de relance para a moça da caixa, que parecia entender o que estava acontecendo.

Ela tranquilizou a senhora com um pequeno gesto.

Um pacote de canudinhos passou como se nada fosse.

– Encontrou tudo? – perguntou vovó.

– Encontrei, encontrei – respondeu Arthur, preocupado com a sinalização da ferrovia.

Um segundo pacote de canudinhos passou debaixo do nariz da vovó.

– Eu estava com medo de que você não conseguisse entender a minha letra.

– Não, não tive nenhum problema. E, você, encontrou o que procurava?

Vovó pareceu entrar em pânico. Às vezes, mentir para uma criança é a coisa mais difícil do mundo.

– Hum... sim... não. Na verdade... não estava pronto ainda. Talvez semana que vem – gaguejou, empacotando com nervosismo os canudinhos.

Perturbada com a mentira, ela esperou até o sexto pacote de cem canudinhos para finalmente perguntar.

– Arthur? Mas... o que você vai fazer com tanto canudinho?

– A senhora falou que eu podia pegar quantos eu quisesse, não falou?

– Bem... foi apenas um modo de dizer.

– É o último! – exclamou Arthur para terminar a conversa e dar uma chance de seu assalto terminar de passar.

Vovó não sabia o que dizer. A moça da caixa quis desculpar-se, mas ela lembrou que não recebera nenhuma ordem específica relacionada a canudinhos.

A velha caminhonete, ainda mais cansada do que na ida, foi encostada perto da janela da cozinha para facilitar a transferência das compras.

Arthur começou a arrumar os pacotes na beirada da janela. Ajudar vovó era um gesto natural para o menino, mas naquele dia ele parecia com pressa de terminar logo. O dever o chamava a outro lugar.

Vovó percebeu a inquietação dele.

— Deixa, meu querido. Deixa que eu faço isso sozinha. Vai brincar enquanto ainda é dia.

Arthur não teve a gentileza de insistir. Pegou o saco cheio de canudinhos e saiu correndo, latindo. Não, quem latia era Alfredo, que corria logo atrás do menino para compartilhar sua alegria.

O entusiasmo do neto não desagradou vovó, e ela pôde calmamente pegar a caixa misteriosa e escondê-la dentro de casa.

Arthur acendeu a longa lâmpada de néon, que estalou um pouco antes de iluminar toda a garagem.

Como se cumprisse um ritual, o menino pegou um dardo perto da porta e lançou-o no outro lado da garagem. O dardo foi parar bem no centro do alvo.

Arthur deu um grito:

— *Yes*! — e começou a rodopiar com os braços abertos em sinal de vitória.

Depois foi até a bancada, que estava quase toda ocupada por um trabalho.

Havia vários bambus cuidadosamente cortados no sentido do comprimento, e cada pedaço tinha sido perfurado com inúmeros furinhos.

Impaciente, Arthur rasgou o saco com os canudinhos e começou a separar os pacotes, um por um. Havia canudos de todos os tipos, todos os tamanhos e todas as cores.

Hesitou até escolher o primeiro, como um cirurgião que escolhe o bisturi. Finalmente pegou um e tentou enfiá-lo no buraquinho de um bambu. O buraco era muito estreito, o que não representava nenhum problema insolúvel. Pegou imediatamente seu canivete suíço e alargou o interior do buraco. A segunda tentativa foi um sucesso: o canudinho encaixou-se no buraco com perfeição.

Arthur voltou-se para Alfredo, a única testemunha daquele momento memorável.

– Alfredo, você verá a maior rede de irrigação de toda a região – disse orgulhoso. – Maior que a de César, mais aperfeiçoada que a do vovô. Aqui está... a rede Arthur!

Alfredo bocejou de emoção.

Arthur, o Construtor, atravessou o jardim carregando no ombro um bambu espetado com dezenas de canudinhos.

Vovó, ainda ocupada com a arrumação das compras, viu-o passar pela janela da cozinha.

Sem entender o que estava acontecendo, ela pensou em fazer algum comentário, mas acabou contentando-se com um dar de ombros.

Arthur colocou o bambu delicadamente em cima dos pequenos tripés que fabricara com esse propósito. Todo o conjunto estava arrumado em cima de uma vala que fora escavada com muito cuidado.

No fundo dessa vala havia, plantados em espaços regulares, pequenos brotos verde-claros, conhecidos como rabanetes.

Arthur correu até a garagem, apanhou a mangueira e a desenrolou.

Exatamente o que faltava. Era disso que precisava.

Sob o olhar preocupado de Alfredo, mais atento do que um contramestre, enfiou a mangueira no primeiro bambu e fixou-a com pedaços de massa de modelar de todas as cores.

Em seguida, girou o bambu até que todos os canudinhos estivessem posicionados por cima de cada broto de rabanete.

– Alfredo, este é o momento mais delicado. Para que a gente não corra o risco de uma inundação ou da destruição total da colheita, a regulagem precisa ser milimétrica – explicou em um tom de voz contido, como se manipulasse explosivos.

Alfredo, a quem os rabanetes não interessavam nem um pouco, aproximou-se com a boa e velha bola de tênis entre os dentes, largando-a, em seguida, bem em cima de um broto jovem.

– Alfredo! Agora não! – gritou Arthur. – Além disso, a presença de civis no canteiro de obras é proibida – acrescentou, pegando a bola e atirando-a bem longe.

O cão, achando que a brincadeira tinha começado, partiu como uma flecha atrás de sua presa imaginária.

O menino, que acabara de terminar a regulagem de sua invenção, correu até a torneira da parede da garagem.

Quando o cachorro voltou com a bola na boca, seu dono desaparecera.

Arthur abriu a torneira como se cumprisse um ritual sagrado.

– Que Deus me ajude! – implorou e saiu correndo ao longo da mangueira para chegar à outra extremidade antes do fio de água.

Enquanto corria, cruzou com Alfredo, que vinha na direção oposta.

O cachorro parecia totalmente perdido naquela nova variante do jogo.

Arthur jogou-se de quatro no chão e começou a acompanhar o fio de água que caía dentro do bambu, saltava com delicadeza pelas paredes de madeira e escorria pelos canudinhos, um a um.

Dessa forma, cada broto de rabanete era gentilmente refrescado.

Intrigado com a máquina que fazia xixi em cima de todas as plantas, Alfredo largou a velha bola.

– Viva! – gritou Arthur, pegando a pata do cachorro para parabenizá-lo.

E deu a palavra ao cão, que, por sua vez, também o parabenizou.

– "Bravo! Meus parabéns! Esta obra fantástica ficará na história, acredite."

Nesse momento, vovó apareceu no alto da escada com um avental amarrado na cintura.

– Arthur! Telefone! – gritou como de costume.

Arthur largou a pata de Alfredo.

– Com licença, caro Alfredo. Deve ser o presidente do Departamento de Água da cidade que quer me dar os parabéns. Volto já.

capítulo 2

Arthur saíra em disparada e tomara tanto impulso que, quando chegou à sala, conseguiu calçar as pantufas e atravessar o aposento em um único escorregão.

Pegou o telefone e afundou o corpo no sofá macio.

— Construí um sistema de irrigação igual ao de César! Mas o meu é pra fazer saladas. Quero fazer crescer os rabanetes da vovó. Assim eles vão crescer duas vezes mais depressa — gritou ao telefone sem nem sequer saber quem estava do outro lado da linha.

Eram quatro horas da tarde e, como todos os dias, àquele horário só podia ser sua mãe.

— Muito bem, meu querido. Quem é esse César? — perguntou-lhe a mãe, um pouco sobrecarregada com tanta energia.

— É um colega do vovô — disse Arthur com firmeza. — Tomara que vocês cheguem antes de anoitecer, assim vão poder ver tudo. Onde vocês estão?

— ... Ainda estamos na cidade — respondeu a mãe, meio sem jeito.

O menino ficou um pouco decepcionado, mas naquele dia seria preciso mais do que isso para derrotar seu espírito vitorioso.

– Bom... não faz mal. Vocês vão poder ver amanhã de manhã.

A mãe, então, começou a falar em um tom de voz mais doce. Mau sinal.

– ... Arthur... meu querido... não vamos poder ir hoje... talvez nem amanhã.

O corpinho de Arthur murchou lentamente como um balão orgulhoso que acaba de levar um golpe.

– Estamos com problemas aqui. A fábrica fechou e... e o papai vai... precisar procurar outro emprego – confessou a jovem mãe com dignidade.

– Ele pode vir trabalhar aqui, no jardim tem muito trabalho, sabe? – sugeriu a criança inocentemente.

– Arthur, estou falando de um trabalho de verdade, um que dê dinheiro para que nós três tenhamos o que comer.

Arthur pensou por alguns segundos.

– Sabe, com o sistema de irrigação do vovô podemos plantar tudo o que a gente quiser, não só rabanetes. E dá para alimentar nós quatro.

– Claro que dá, Arthur; mas o dinheiro não serve apenas para comprar comida. Serve também para pagar o aluguel e para...

Levado pelo entusiasmo, Arthur interrompeu-a.

– A gente poderia viver muito bem aqui, todos juntos. Tem bastante lugar, e eu tenho certeza de que Alfredo ficaria bem contente. E a vovó também!

A paciência e a gentileza da mãe estavam sendo colocadas à prova.

– Escute o que eu estou dizendo, Arthur! Não complique mais as coisas. Já é difícil do jeito que as coisas estão. Papai precisa trabalhar, então vamos ficar mais alguns dias aqui até ele encontrar alguma coisa – concluiu um pouco pesarosa.

Arthur não conseguia entender por que a mãe recusava de maneira tão enérgica suas soluções cheias de bom senso, mas, como se sabe, muitas vezes os adultos têm razões que escapam a qualquer lógica.

– ... Está bem... – respondeu resignado.

Uma vez entendida a situação, a mãe retomou seu tom de voz doce e carinhoso.

– Mas não é porque não estamos aí que não pensamos muito em você, especialmente em um dia como hoje... – disse esse final com um tom misterioso na voz. Porque hoje é seu... a-ni-ver-sá-rio! – cantarolou a mãe.

– Feliz aniversário, meu filho! – trovejou repentinamente a voz do pai do outro lado da linha.

Arthur, já sem a alegria inicial, respondeu com um 'obrigado' átono. O pai brincou com ele alegre.

– Você achou que a gente tinha esquecido, hein? Surpresa! Não dá para esquecer o aniversário de dez anos de um filho! Agora você é um rapazinho. O meu rapazinho!

Era uma encenação de felicidade que não enganava ninguém, principalmente Arthur.

Vovó vigiava-o do canto da cozinha, como se soubesse que a conversa estava sendo dolorosa para o neto.

– Gostou do presente? – perguntou o pai.

– Mas ele ainda não o recebeu, Francis! – sussurrou a mãe para o pai.

Ela ainda tentou consertar a trapalhada do marido.

– Arthur, meu querido, eu já falei com a vovó. Amanhã ela vai com você até a cidade, e então você poderá escolher o presente que quiser – propôs gentilmente.

– Mas não muito caro – intrometeu-se o pai, achando que tudo não passava de uma brincadeira.

– Francis!!! – revoltou-se a mãe. – Você não pode prestar atenção no que diz por cinco minutos?

– Eu... eu estava brincando. Está bem! – balbuciou o pai, como um mau ator.

Arthur ouviu tudo impassível. Uma torneira acabara de se fechar de vez em algum lugar.

– Bom. Vamos nos despedir, filhote. Telefonemas não são de graça – o pai não conseguiu evitar de acrescentar.

Pelo telefone não dava para ouvir o tabefe na cabeça que o marido acabara de levar da esposa.

– Bem... filho... até logo e, mais uma vez... – os pais cantarolaram juntos o final da frase – ... pa-ra-béns-pra-vo-cê!!!

Arthur desligou o aparelho devagar e sem nenhuma emoção. Ele tinha apenas uma certeza: havia mais vida em seu pedaço de bambu do que no outro lado da linha.

Olhou para Alfredo, que, sentado em sua frente, parecia aguardar notícias.

— Não era o presidente — informou.

Nesse momento ele sentiu uma enorme solidão. Era como um buraco bem fundo e negro, dentro do qual era melhor não cair.

Alfredo trouxe novamente a bola de tênis para distrair o amigo e tirá-lo daquelas tristes reflexões, porém uma cançãozinha chamou a atenção de ambos.

— Pa-ra-béns-pra-vo-cê... — cantarolava vovó em um tom claro e alegre.

Ela segurava um grande bolo de chocolate, com dez velinhas orgulhosamente espetadas em cima.

Aproximou-se lentamente do neto, sempre acompanhada pelo ritmo dos latidos de Alfredo, que parecia não gostar que cantassem sem ele.

O rosto de Arthur iluminou-se antes que as velas o fizessem de verdade. Vovó colocou o bolo na frente do menino, ao lado de dois pequenos presentes.

A canção terminou. Ela havia conseguido guardar a surpresa até o final.

Muito emocionado, Arthur jogou-se nos braços da vovó.

— Você é a avó mais bonita e maravilhosa do mundo — disse impulsivamente.

— E você é o mais carinhoso de todos os netos. Agora sopre!

Arthur inspirou profundamente, mas mudou de idéia.

– Está tão bonito... vamos deixar as velas acesas mais um pouco. Primeiro os presentes!

– ... Como quiser – concordou vovó se divertindo. – Este é do Alfredo.

– Mas como é gentil da sua parte lembrar-se de mim, Alfredo! – agradeceu Arthur muito espantado.

– Você alguma vez se esqueceu dele? – lembrou vovó.

Arthur sorriu diante dessa verdade e rasgou o papel do pequeno embrulho. Era uma bola de tênis novinha. Arthur ficou estupefato.

– Uau!!! Nunca vi uma bola tão bonita assim, novinha em folha!

Alfredo latiu, chamando-o para brincar. Arthur ia atirar a bola quando vovó segurou-o pelo braço.

– Eu ficaria muito feliz se você esperasse para brincar lá fora.

Arthur concordou, é claro, escondendo a bola atrás de suas costas, entre duas almofadas. Abriu o segundo presente.

– Este é meu – explicou vovó. – É uma miniatura de carro de corrida, com uma pequena chave para dar corda.

Arthur ficou encantado. Alfredo também.

– Que maravilha! – exclamou o neto boquiaberto.

Deu corda imediatamente e colocou o carrinho no chão. Imitou o ronco de um motor e largou o carrinho, que atravessou a sala perseguido por Alfredo.

O carrinho, depois de ricochetear algumas vezes, acabou deixando o cachorro para trás ao passar debaixo de uma cadeira. Arthur caiu na gargalhada.

– Acho que ele gostou mais do carrinho do que da bola – comentou zombeteiro o garoto enquanto observava a cena.

O carrinho foi em direção à porta de entrada. Alfredo parecia, no entanto, ter perdido sua pista.

Arthur olhou novamente para o bolo sem ter coragem de apagar as velas.

– Mas como a senhora conseguiu fazer esse bolo, vovó? O forno não está quebrado?

– Trapaceei um pouco – confessou vovó. – A senhora Rosenberg, a dona da loja de quinquilharias, me emprestou o forno e alguns utensílios.

– Ele é maravilhoso – reafirmou Arthur, que não conseguia tirar os olhos de cima dele. – Só é um pouco grande para nós três.

A avó percebeu que o mal-estar do neto voltava outra vez.

– Não os leve a mal, Arthur. Eles estão fazendo o que podem. Eu tenho certeza de que tudo ficará bem quando seu pai encontrar um emprego.

– Nos outros anos eles também não vieram para o meu aniversário. Eu acho que um novo emprego não fará a menor diferença – respondeu Arthur com a lucidez de um adulto.

Vovó não sabia o que dizer ao neto. Arthur preparou-se para soprar as velinhas.

– Primeiro você tem que fazer um pedido – avisou a senhora.

O garoto não perdeu muito tempo pensando.

– Eu desejo que... no meu próximo aniversário... papai e mamãe estejam aqui para festejarmos todos juntos.

Vovó teve dificuldade em conter uma pequena lágrima que acabou deslizando por sua bochecha. Acariciou o cabelo do neto e disse:

— Espero que seu desejo se realize, meu menino. Agora vamos, sopre logo. Você não vai querer comer bolo com cera, vai?

Enquanto Arthur inspirava com força, Alfredo finalmente havia encontrado o carrinho encostado perto da porta.

Nesse momento, uma sombra ameaçadora surgiu por trás do vidro da janela, tão ameaçadora que o cachorro nem ousou recuperar o brinquedo.

A sombra aproximou-se da porta e a abriu, provocando uma corrente de ar que apagou as velas no mesmo instante em que Arthur ia fazê-lo.

Pode-se dizer que Arthur ficou sem ar.

A silhueta de um homem avançou com passos lentos, porém ruidosos, para o centro da sala.

Vovó estava imóvel, paralisada de terror.

Por fim, o homem apareceu na luz. Tinha uns 50 anos, corpo imponente e um rosto emaciado e pouco acolhedor, tanto de longe como de perto. Em contrapartida, estava extremamente bem vestido. Mas, como o hábito não faz o monge, nossos dois protagonistas ficaram de sobreaviso.

Para aliviar a tensão causada, o senhor Davido — esse era o nome daquele homem — tirou o chapéu educadamente e abriu um sorriso que parecia lhe doer no rosto.

— Vejo que vim em boa hora — disse o recém-chegado em um tom de voz particular.

Vovó reconheceu-o pela voz. Era o proprietário da famosa 'EMPRESA DAVIDO – gêneros alimentícios em geral'.

– Não, senhor Davido. O senhor chegou em péssima hora, e eu até diria mais: em péssima hora como sempre – contestou a senhora com certa ferocidade. – O senhor não sabe que, quando se faz uma visita sem avisar, se costuma bater na porta?

– Eu bati – defendeu-se Davido –, e posso prová-lo – disse isso exibindo um pedaço de corrente. – Qualquer dia desses seu sino vai cair na cabeça de alguém – avisou. – Da próxima vez vou buzinar, será mais prudente.

– Para começar, não vejo nenhum motivo para uma próxima vez – revidou a senhora. – Quanto a hoje, sua visita é inoportuna. Caso o senhor não tenha notado, estamos em uma reunião de família.

Davido olhou para o bolo com todas as velinhas apagadas.

– Ah, mas que belo bolo! – entoou o brutamontes. – Feliz aniversário, garoto! Quanto anos você está fazendo? – Contou as velas rapidamente. – Eu ainda me lembro de você quando era bem pequeno e corria por entre as patas de seu avô. Quanto tempo isso faz? – disse com um evidente desejo de cutucar a ferida.

– Quase quatro anos – respondeu a senhora com dignidade.

– Quatro anos? Já? Parece que foi ontem – comentou Davido com um sadismo mal disfarçado.

Vasculhou os bolsos.

– Se eu soubesse, teria trazido uma lembrancinha para o garoto. Enquanto isso...

Tirou uma bala do bolso e estendeu-a para Arthur.

– Toma, garoto. Feliz aniversário – sentiu-se na obrigação de acrescentar.

Vovó olhou rapidamente para o neto. Nada de escândalo. A mensagem foi entendida.

Arthur pegou a bala e a examinou como se fosse uma pérola.

– Ah, quanta gentileza. Sabe, essa eu não conhecia – respondeu ironicamente.

Davido se conteve, embora estivesse morrendo de vontade de dar uma lição naquele insolente.

– E também trouxe algo para a senhora – disse de modo vingativo.

Vovó interrompeu-o secamente:

– Olhe, senhor Davido, é muito gentil de sua parte, mas eu não preciso de nada, a não ser ficar sozinha com meu neto nesta noite. Portanto, seja lá qual for o motivo de sua visita, peço que saia imediatamente desta casa, onde o senhor não é bem-vindo.

Apesar de um tom de voz aparentemente cortês, vovó não deixara nenhuma dúvida quanto ao conteúdo da mensagem.

Davido não lhe deu ouvidos. Encontrara o que procurava nos bolsos.

– Ah! Aqui está – exclamou, exibindo uma folha de papel dobrada em quatro. – Como o carteiro só passa aqui uma vez por semana, fiz um pequeno desvio para que a senhora não perdesse tempo esperando. Certas notícias devem ser recebidas o mais depressa possível – explicou com falsa benevolência.

Estendeu a folha a vovó, que a pegou e colocou os pequenos óculos para ler.

– Trata-se da anulação de sua escritura por falta de pagamento – explicou o intruso. – Vem diretamente do escritório do governador.

Vovó começou a ler aquele papel visivelmente contrariada.

– O governador fez questão de se ocupar do caso pessoalmente – acrescentou Davido. – É bem verdade que essa história já se arrasta há muito tempo.

Arthur não precisou ler nada para fuzilar aquele homem horroroso com o olhar. Davido sorriu para ele com olhos de serpente.

– Este documento anula definitivamente a escritura da casa, datada de 28 de julho, e valida, na mesma ocasião, a minha escritura. O que explica, em parte, minha tendência natural em me sentir na sua casa um pouco como se estivesse na minha.

Davido estava muito orgulhoso de seu golpe. Tinha sido tão fácil que ele quase sentia remorso.

– Mas podem ficar tranqüilos – acrescentou – porque eu não vou expulsá-los como vocês estão fazendo comigo agora. Terão um prazo para sair...

Vovó esperou o pior.

– Vocês têm 48 horas – avisou ele friamente. – Enquanto isso, façam como se estivessem na sua casa – falou com uma ponta de malícia.

Se Arthur pudesse fuzilá-lo com o olhar, Davido teria virado uma peneira.

Vovó, no entanto, parecia estranhamente calma. Antes de voltar a falar com aquele homem, releu metodicamente cada parágrafo do documento.

– Estou vendo que há um pequeno problema que precisa ser resolvido.

Davido se aprumou inquieto.

– Ah, é? Qual?

– Na pressa de lhe prestar um serviço, seu amigo, o governador, esqueceu-se apenas de um pequeno detalhe.

Agora era a vez de Davido se preocupar. Vovó havia notado algo que poderia jogar por terra todo o empreendimento daquele homem inescrupuloso.

– Que detalhe? – perguntou tentando mostrar-se despreocupado.

– Ele esqueceu... de assinar.

Vovó virou o documento e lhe mostrou.

Davido sentiu-se confuso como uma galinha diante de um pente.

Aquilo estragava o impacto das belas palavras e dos gestos de superioridade que usara. Ele ficou ali, plantado na frente do papel, mudo como uma porta.

Arthur se conteve para não gritar de alegria. Isso seria muita honra para Davido. Optaram pelo desprezo, pela indiferença.

Vovó dobrou o documento calmamente e o devolveu para Davido.

– Por enquanto o senhor ainda está na minha casa e, como não tenho sua delicadeza, tem dez segundos para sair daqui antes que eu chame a polícia.

Aquele homem asqueroso não conseguiu pronunciar nenhuma palavra de triunfo ao final.

Arthur tirou o telefone do gancho.

– O senhor não sabe contar até dez? – perguntou o menino.

– Vocês... vocês vão lamentar essa insolência! Acreditem! – explodiu Davido.

Deu as costas e, ao sair, bateu a porta atrás dele com tanta força que suas previsões se concretizaram: o sino caiu bem em cima de sua cabeça.

Meio tonto e cego de dor, ele ainda bateu na coluna de madeira que estava bem na sua frente, tropeçou no degrau do topo da escada e acabou estatelado no chão.

Conseguiu chegar até o carro, bateu a porta com força, prendeu a ponta do paletó do lado de fora e partiu em uma nuvem de poeira. Mas a poeira fica tão bem nele.

O céu acabara de se deixar pintar de laranja. Quanto ao sol, este tentava rolar ao longo da colina, como na maravilhosa gravura que Arthur acariciava com a ponta dos dedos em um livro. Era uma savana africana banhada da luz do entardecer.

Quase se podia sentir o calor.

Ele estava deitado na cama, com o cabelo lavado e bem penteado cheirando a maçã, e com o grande livro de capa de couro apoiado nos joelhos dobrados.

Era o livro que o levava todas as noites ao país dos sonhos.

Sentada ao seu lado, vovó parecia particularmente emocionada com a gravura.

— Nós tínhamos o privilégio de admirar este espetáculo maravilhoso todas as noites. Foi exatamente diante dessa paisagem que sua mãe nasceu — contou vovó.

Arthur devorava suas palavras.

— Enquanto eu dava à luz em uma tenda, seu avô pintava essa paisagem do lado de fora.

Arthur sorriu divertido, imaginando a cena.

— O que vocês estavam fazendo na África? — perguntou ingenuamente o menino.

— Eu era enfermeira. Seu avô era engenheiro. Ele construía pontes, túneis, estradas. Nos conhecemos lá. Tínhamos os mesmos ideais. Queríamos ajudar aquelas pessoas maravilhosas, os africanos.

Arthur virou cuidadosamente a página e passou para a seguinte.

Era um desenho colorido de uma tribo africana, cujos membros, seminus, tinham os corpos cobertos de colares e amuletos. Todos, bem altos e magros, eram tão graciosos que certamente deviam ser primos distantes das girafas.

— Quem são essas pessoas, vovó? — perguntou Arthur fascinado.

— São os bogos-matassalais — respondeu vovó. — Seu avô tinha laços de amizade com eles por causa de sua incrível história.

A palavra 'história' era o que bastava para estimular a curiosidade de Arthur.

— É mesmo? Que história?

– Hoje não, Arthur. Vamos deixar pra amanhã – respondeu vovó demonstrando um pouco de cansaço.

– Puxa... por favor, vovó! – insistiu o neto todo dengoso.

– Eu ainda preciso arrumar a cozinha – disse vovó.

Entretanto Arthur era mais esperto do que qualquer cansaço.

– Por favor, só cinco minutos... por meu aniversário! – pediu com uma voz capaz de encantar uma cobra.

Vovó não conseguiu resistir.

– Só mais um minuto e depois pronto, tá? – cedeu a senhora.

– Só mais um minutinho! – jurou Arthur, tão honesto quanto um dentista.

Vovó instalou-se mais confortavelmente, no que foi de imediato imitada pelo neto.

– Todos os bogos-matassalais eram altíssimos. Quando atingiam a idade adulta, nenhum media menos de dois metros. A vida nem sempre é fácil quando se é tão alto, mas eles afirmavam que a natureza os havia feito assim e que em algum lugar certamente havia um complemento para cada um deles, alguém que os completaria, um irmão que lhes daria o que não possuíam e vice-versa.

Arthur parecia enfeitiçado com aquela história. Vovó sentia-se à altura de seu público.

– Os chineses chamam isso de *yin-yang*. Os bogos-matassalais chamavam de 'irmão-natureza'. Procuravam sua outra metade havia séculos, aquela que traria finalmente o equilíbrio a todos.

– E eles acharam? – perguntou Arthur com a pressa típica da curiosidade, incapaz de deixar qualquer espaço para uma narrativa de suspense.

– Acharam sim, depois de mais de 300 anos de busca por todos os países da África – confirmou vovó. – Era outra tribo que, por mais estranho que possa parecer, vivia exatamente ao lado deles. A apenas alguns metros, para ser mais exata.

– ... Mas como isso é possível? – espantou-se Arthur.

– Esta tribo chamava-se minimoys, e a característica marcante dela era que seus membros mediam apenas... dois milímetros!

Vovó virou a página, e eles viram a famosa tribo posando debaixo de um dente-de-leão.

Arthur estava boquiaberto. Nunca ouvira uma história tão fantástica. O avô sempre preferia narrar suas construções faraônicas.

O menino passava de uma página a outra, como se quisesse avaliar a diferença de tamanho entre as duas tribos.

– E eles se davam bem? – perguntou curioso.

– Às mil maravilhas! – garantiu vovó. – Um ajudava o outro nos trabalhos. Quando um cortava uma árvore, o outro exterminava os vermes. Os imensamente altos e os imensamente minúsculos eram feitos um para o outro. Juntos eles tinham uma visão única e total do mundo que os rodeava.

Arthur ouvia encantado, quase inebriado. Quando virou a página seguinte, descobriu uma pequena criatura que iria balançar seu coração de criança.

Dois grandes olhos azuis debaixo de um cacho de cabelo vermelho e rebelde, uma boca de toranja, um olhar tão travesso quanto o de uma jovem raposa e um sorrisinho capaz de derreter o mais duro dos gelos.

Arthur ainda não sabia, mas ele acabara de se apaixonar. Sentia um calor intenso e estranho nas entranhas e uma respiração diferente, como se uma atmosfera perfumada penetrasse em seus pulmões.

Vovó, que o espiava com o canto dos olhos, estava felicíssima por testemunhar aquele momento mágico.

Depois de pigarrear, Arthur conseguiu finalmente pronunciar algumas palavras.

– Que... quem... quem é? – gaguejou.

– É a princesa Selenia, a filha do rei dos minimoys – informou vovó.

– Como é bonita! – deixou escapar Arthur, antes de se corrigir. – Isto é... muito boa... a história... a história é incrível!

– Seu avô era considerado um grande homem para os bogos-matassalais. É verdade que fez muito por eles. Construiu poços, redes de irrigação, barragens... até os ensinou como usar os espelhos para se comunicarem uns com os outros e também para obter energia – contou vovó com uma ponta de orgulho.

– Quando chegou a hora de irmos embora, eles deram a seu avô um saco cheio de rubis, um maior do que o outro, em agradecimento por tudo o que ele fez.

– Uau! – exclamou entusiasmado o menino.

– Mas seu avô não queria o tesouro. O que ele realmente desejava era outra coisa – confidenciou vovó. – Ele queria o segredo que o permitiria entrar em contato com os minimoys.

Arthur estava paralisado. Deu outra olhada para o desenho da princesa Selenia e voltou-se para vovó.

– E... eles deram o segredo ao vovô? – perguntou como se isso não tivesse a menor importância para ele, quando na realidade ele sabia que a resposta poderia mudar totalmente a sua vida.

– Eu nunca soube a resposta, Arthur – respondeu a senhora com sinceridade. – A grande guerra explodiu, eu voltei para a Europa e vovô ficou lá durante toda a guerra. Fiquei seis anos sem notícias dele – disse. – Sua mãe e eu tínhamos certeza de que nunca mais o veríamos. Ele era muito corajoso, e a probabilidade de que tivesse morrido em combate era muito grande.

Arthur esperou com impaciência a continuação da história.

– Então um dia recebi uma carta com uma fotografia desta casa e um pedido de casamento. Tudo ao mesmo tempo!

– E aí? – perguntou Arthur muito entusiasmado.

– Aí... desmaiei! Tudo ao mesmo tempo era demais pra mim! – confessou a velha senhora.

O neto deu uma gargalhada imaginando vovó com os braços e as pernas esticados para o alto, segurando uma carta na mão.

– E depois? O que a senhora fez?

– Ora... fui me encontrar com ele. E me casei com ele! – disse como se fosse algo evidente.

– Vovô era demais! – exclamou Arthur.

Nesse ponto da narração, vovó levantou-se e fechou o livro.

– Sim! E eu de menos! Os cinco minutos já passaram há muito tempo! Para a cama já, menino!

Afastou as cobertas para que Arthur pudesse escorregar por baixo delas.

– Eu também gostaria de conhecer os minimoys – afirmou o menino puxando o edredom até o pescoço. – Se vovô voltar um dia, a senhora acha que ele vai me contar se ele descobriu o segredo?

– Se você se comportar direitinho e me ouvir... eu pedirei a ele que faça isso.

Arthur abraçou-a pelo pescoço.

– Obrigado, vovó. Eu sabia que podia contar com a senhora.

A velha senhora soltou-se da prisão carinhosa que eram os braços do neto e ficou um instante em pé ao lado da cama.

– E agora dorme, meu bem! – ordenou com carinho e firmeza.

Arthur virou de lado, ajeitou-se sob o travesseiro e fingiu que já estava dormindo.

Vovó beijou-o afetuosamente, pegou o livro de capa de couro, apagou a luz e deixou Arthur nos braços de Morfeu ou, mais provavelmente, nos braços da princesa dos minimoys, Selenia.

Evitando as tábuas que rangiam dirigiu-se com passos felpudos até o escritório do marido. Colocou o precioso livro de volta no lugar e olhou por um momento o retrato dele.

Suspirou profundamente no silêncio da noite.

– Arquibaldo, você faz falta – disse por fim. – Você realmente faz muita falta.

Ao sair, apagou a luz e fechou a porta a contragosto.

capítulo 3

A porta da garagem era muito pesada, mais parecendo um portão de algum castelo ou uma ponte levadiça, e Arthur, como sempre, precisou esperar alguns segundos para recuperar as forças.

Depois, ajoelhou-se e tirou o carrinho da garagem.

Oitocentos cavalos dentro de três centímetros de comprimento. Bastava um pouco de imaginação, algo que nunca faltava a ele.

Apoiou o dedo em cima do carro e empurrou-o lentamente, acompanhando o movimento com uma série de grunhidos, tinidos e outros rugidos dignos de uma Ferrari.

Arthur emprestou sua voz para os dois pilotos a bordo e o chefe que os dirigia.

– "Senhores, eu quero um relatório completo sobre nossa rede de irrigação mundial" – pediu em um tom de voz de alto-falante.

– "Sim, chefe!" – respondeu agora no lugar do piloto.

– "E tomem cuidado com o novo carro, ele é superpotente" – avisou o alto-falante.

– "Pode deixar, chefe! Não se preocupe" – tranqüilizou-o o piloto, antes de sair do estacionamento e enfiar-se no meio da grama do jardim.

Vovó empurrou a porta de entrada com um golpe do traseiro. Ela carregava para o fundo do jardim, onde estava o varal, uma grande tina de madeira cheia de roupa molhada.

Arthur empurrou vagarosamente o carro, que desceu pela vala escavada na terra e continuou pela impressionante rede de irrigação.

– "Carro patrulha para Central. Até agora tudo bem" – avisou o piloto.

Mas o patrulheiro falara rápido demais. Diante deles, uma enorme bola de tênis (tinindo de nova) bloqueava a passagem.

– "Ó, meu Deus! Não parem! Aconteceu uma catástrofe!"

– "O que está acontecendo, patrulheiro? Responda!" – inquietou-se o chefe, que não enxergava nada de seu escritório.

– "É um desmoronamento! Não, não é um desmoronamento! É uma armadilha! É o abominável homem das planícies!"

Alfredo encostara o focinho atrás da bola de tênis e abanava o rabo a toda a velocidade.

– "Central para patrulheiro. Cuidado com o rabo, é uma arma perigosíssima!" – avisou o chefe pelo alto-falante.

– "Calma, chefe. Ele parece manso. Vamos aproveitar para liberar a estrada. Mande a grua!"

O braço de Arthur transformou-se imediatamente no braço de uma grua mecânica, com opção para todos os ruídos. Após algumas manobras, a mão-pinça de Arthur conseguiu agarrar a bola.

– "Ejetar!" – gritou o piloto.

Arthur estendeu o braço e lançou a bola tão longe quanto pôde. Claro que o abominável homem das planícies saiu correndo atrás dela.

– "A estrada está livre. Nos livramos do abominável homem das planícies!" – anunciou orgulhosamente o piloto.

– "Bom trabalho, patrulheiro" – parabenizou-o o alto-falante. – "Prosseguir missão".

Vovó, que também prosseguia a dela, começou a pendurar os lençóis na ponta do varal.

Ao longe, na crista das colinas, uma pequena nuvem de poeira prenunciava a chegada de um carro.

Não era dia de carteiro, nem de leiteiro.

"O que será agora", pensou a senhora preocupada.

Arthur continuava com a patrulha, quando um novo episódio aconteceu.

O abominável homem das planícies voltara. Ele colocou as patas em cada lado da vala e se preparou para soltar a bola que levava na boca.

O pânico foi geral no carro.

– "Meu Deus, estamos perdidos!" – gritou o co-piloto.

– "Nunca" – berrou o piloto com a voz de Arthur, que a emprestara a ele para aquele acontecimento heróico.

Arthur deu corda ao carrinho, que saiu a toda a velocidade. O abominável homem das planícies largou a bomba dentro da vala.

— "Ande depressa, capitão" — suplicou o co-piloto —, "senão morreremos todos!"

A bola rolou pela vala. Parecia uma cena do filme *Indiana Jones*, mas em proporção bem menor.

Finalmente Arthur colocou o carrinho no chão, direcionando-o para a fuga.

— *Banzai*! — gritou o menino, embora essa palavra japonesa não fosse nem um pouco adequada à situação.

Empurrado pelo deslocamento de ar provocado por aquela bola que estava prestes a esmagá-lo, o carrinho deu um salto para frente.

O carrinho ziguezagueou pela garganta sinuosa como um avião de caça.

Nem o piloto conseguia acreditar. O carrinho conseguira se distanciar da bola, mas, infelizmente, estava a ponto de esbarrar contra uma muralha intransponível ao final da vala.

— "Estamos perdidos!" — choramingou o co-piloto.

— "Agarrem-se!" — gritou o corajoso piloto.

O carro de corrida aproximou-se da muralha, escalou-a quase na vertical, subiu pelos ares, caiu no chão em uma seqüência admirável de cavalos-de-pau e, então, parou.

A cena toda havia sido sublime, quase perfeita. Arthur estava tão orgulhoso quanto o homem que inventou a roda.

— "Muito bem, capitão" — disse o co-piloto exausto.

– "Não foi nada, meu rapaz" – respondeu o piloto do alto de sua experiência.

Uma sombra gigantesca cobriu o carrinho. Era um carro muito maior, o de Davido. Ele parou bem em cima do carro de corrida de Arthur. O menino se assustou e deu um grito.

Do outro lado do pára-brisa, Davido parecia feliz por ter provocado essa reação em Arthur.

Alfredo, o abominável homem das planícies, que voltava com a bola de tênis, percebeu que aquele não era uma boa hora para brincar.

Largou-a bem devagar, e a bola rolou pelo trecho asfaltado até parar ao lado do carro de Davido, que nesse exato momento estava descendo.

O resultado foi imediato. Davido apoiou o pé na bola, partiu em um vôo rasante e estatelou-se no chão, com os braços e as pernas para o alto.

Carlitos não teria feito melhor.

Arthur também estava deitado no chão, mas de tanto rir.

– "Patrulheiro para Central! O abominável homem das planícies acabou de fazer uma nova vítima" – informou o piloto.

Alfredo latiu e abanou o rabo. É assim que se aplaude entre os abomináveis homens das planícies.

Davido levantou-se como pôde e começou a sacudir a poeira.

Morrendo de raiva, pegou a bola e arremessou-a longe.

Um estalido rasgou o silêncio e a costura debaixo do braço do paletó ao mesmo tempo.

A bola aterrissou no reservatório de água, a vários metros de altura.

Furioso por causa do paletó, mas contente com seu arremesso, Davido esfregou as mãos satisfeito.

— "Central, é sua vez de jogar" — disse para o menino com uma expressão vingativa nos olhos.

Arthur não respondeu. A dignidade muitas vezes é muda.

Davido deu as costas e dirigiu-se para o fundo do jardim.

Vovó começava a ficar preocupada com os repetidos latidos de Alfredo. Ela caminhou até o final do varal para pendurar o último lençol, quando deu de cara com Davido.

— O senhor me assustou!

— Lamento muito — respondeu Davido mentindo descaradamente. — Está fazendo a faxina da primavera? Posso ajudar?

— Não, obrigada. O que deseja agora? — perguntou a velha senhora.

— Vim me desculpar. Ontem à noite cometi um erro e gostaria de consertá-lo — respondeu Davido com uma voz que deixava transparecer sua real intenção, a qual certamente não era nem um pouco amigável.

Ele tirou outra vez um papel do bolso e enfiou-o debaixo do nariz da senhora.

— Agora está certo. O documento está assinado como deve ser.

Pegou um pregador de roupa e pendurou a folha de papel no varal.

– O senhor não perdeu tempo – admitiu vovó aborrecida.
– Ora, tudo não passou de uma coincidência – respondeu Davido com desenvoltura. – Eu estava a caminho da missa, como costumo fazer todos os domingos de manhã, quando deparei com o governador.
– O senhor vai à missa aos domingos? Eu nunca o vi na igreja – comentou a senhora de maneira implacável.
– Costumo ficar lá no fundo, por humildade. Aliás, fiquei surpreso de não a encontrar lá. Mas encontrei o prefeito, que ratificou minha escritura de compra e venda.

Davido tirou outro papel e pendurou ao lado do primeiro.

– Depois encontrei o tabelião, que validou a compra – disse, pendurando o papel. – E também o banqueiro e sua encantadora esposa, que transferiram a dívida da senhora para meu nome.

E pendurou o quarto documento ao lado dos outros.

Enquanto isso, Arthur começara a escalar a parede norte do reservatório.

Alfredo, que o vigiava lá de baixo, não parecia muito tranqüilo.

Davido continuava pendurando papéis no varal. Já estava no nono.

– ... o agrimensor, que autenticou a ficha cadastral – prosseguiu sem parar –, e por último, de novo, o prefeito, que referendou o ato de despejo nas próximas 48 horas.

E pendurou orgulhosamente o décimo e último documento.

— Dez! Meu número de sorte! — exclamou com certo prazer. O prazer da vingança.

Vovó estava arrasada, aturdida, prestes a desfalecer.

— Pronto. Agora, a menos que seu marido apareça nas próximas 48 horas, esta casa será minha.

— O senhor não tem coração — disse finalmente a velha senhora em um tom de desprezo.

— Errado! Eu até que tenho uma natureza muito generosa. Aliás, é por isso que lhe ofereci uma bela quantia por este casebre miserável. Mas a senhora não quis nem saber.

— Esta casa nunca esteve à venda, senhor Davido! — ela o lembrou pela centésima vez.

— Está vendo como a senhora está de má vontade? — replicou Davido cinicamente.

Arthur ficou em pé na beirada da imensa cisterna com água pela metade.

A bola de tênis flutuava tranqüilamente na superfície.

Ele se transformou em um verdadeiro guerreiro para aquele resgate. Apertou as pernas em volta do reservatório de madeira e esticou-se todo para tentar pegar a bola.

Alfredo começou a ganir. É estranho como os animais pressentem quando algo está para acontecer.

Um estalido pequeno. Quase imperceptível, mas suficiente para o cão perceber que Arthur havia caído no fundo do reservatório.

Bruscamente chamado para outra missão, Alfredo partiu trotando com o rabo entre as pernas.

* * *

— Por que o senhor faz tanta questão deste pedaço de terra e desta casa miserável? — perguntou vovó.

— O motivo é sentimental. O terreno e a casa pertenciam aos meus pais — respondeu friamente o homem de negócios.

— Isso eu sei. Foram seus pais que os deram de presente para o meu marido em retribuição a todos os serviços que ele prestou à região. O senhor quer ir contra a vontade de seus falecidos pais? — questionou vovó.

Davido ficou sem jeito.

— Desaparecidos! Esta é a palavra certa. Como seu marido, eles também desapareceram e me abandonaram — respondeu Davido irritado.

— Seus pais não o abandonaram, meu filho. Eles morreram na guerra — ela o corrigiu gentilmente.

— Dá no mesmo — respondeu Davido agressivo. — Eles me abandonaram, portanto eu cuidarei de meus negócios sozinho. E se depois de amanhã, ao meio-dia, seu marido não tiver assinado este papel e pago suas dívidas, eu serei obrigado a expulsá-los, esteja a roupa seca ou não!

Davido empinou o queixo, deu meia-volta e, quando puxou um dos lençóis do varal para marcar sua saída teatral, deu de cara com Arthur, molhado da cabeça aos pés.

O homem de negócios grugulejou como um peru que acabara de ser convidado para a ceia de Natal.

— A senhora deveria pendurá-lo no varal também — sugeriu zombeteiro.

Arthur limitou-se a assassiná-lo com os olhos.

Davido afastou-se na direção do carro sem parar de grugulejar, o que, considerando o tamanho de seu traseiro, o tornava ainda mais parecido com um peru gigante.

Fechou com força a porta do carro, fez os cavalos relincharem e as rodas patinarem para criar uma grossa nuvem de poeira, o que acabou propulsando o carro de corrida a uns dez metros. O pequeno carrinho deu algumas cambalhotas, recuou um pouco de marcha a ré e caiu dentro da boca de um buraco.

Davido acelerou os cavalos e cruzou o jardim, seguido da nuvem espessa que acabou grudando na roupa molhada pendurada no varal.

Arthur e vovó ficaram cobertos por uma poeira ocra.

Exausta com tantas contrariedades, ela sentou nos degraus da entrada.

– Meu pobre Arthur, eu acho que desta vez eu não vou conseguir impedir esse ladrão de fazer suas maldades – disse inconsolável.

– Ele não era amigo do vovô? – perguntou Arthur, sentando ao lado dela.

– No início era. Quando chegamos da África, Davido não desgrudava de seu avô. Parecia uma sombra! Mas Arquibaldo nunca confiou nele, e com toda razão.

– Vamos ter que sair de casa? – inquietou-se Arthur.

– Parece que sim – respondeu a pobre mulher.

Arthur ficou horrorizado com essa notícia. Como viveria sem seu jardim, o local de todas as suas brincadeiras, o único refúgio para sua solidão? Ele precisava encontrar uma saída!

– E o tesouro? Os rubis que os bogos-matassalais deram de presente ao vovô? – perguntou o neto cheio de esperança.

Vovó apontou para o jardim.

– Está aqui, em algum lugar.

– Você quer dizer que... que o tesouro está escondido no jardim? – espantou-se o menino.

– E tão bem escondido que cansei de cavar por todos os lados e nunca o encontrei – confessou vovó.

Arthur levantou, pegou a pequena pá que descansava encostada à parede e foi até o meio do jardim.

– O que você vai fazer, meu querido? – perguntou vovó inquieta.

– A senhora acha que eu vou ficar de braços cruzados durante 48 horas esperando que aquele urubu roube nossa casa? – perguntou Arthur não sem razão. – Eu vou encontrar o tesouro!

Enfiou a pá com força em um pequeno quadrado de grama e começou a escavar como se fosse um buldôzer. Alfredo, que parecia muito satisfeito com nova brincadeira, encorajou-o com alguns latidos.

A velha senhora não pôde deixar de sorrir.

"Ele é igualzinho ao avô", pensou.

Deu um tapa nos joelhos e só então percebeu que estava completamente coberta de poeira.

Levantou com dificuldade e foi para dentro da casa, provavelmente para trocar de roupa.

Algumas gotículas de suor cobriam a testa de Arthur, que já estava no terceiro buraco.

De repente a pá esbarrou em algo duro.

Alfredo latiu, como se pressentisse algo. O garoto caiu de joelhos e começou a cavucar a terra com as mãos.

— Se você encontrou o tesouro, você realmente é o melhor cachorro do mundo! — disse a Alfredo, que abanou o rabo tão depressa quanto a turbina de um avião.

Arthur tirou um pouco mais de terra, apalpou o objeto e arrancou-o impacientemente da terra. Alfredo parecia que ia enlouquecer de felicidade.

Mas era apenas um osso.

— Não é esse tesouro que estamos procurando, seu canibal! É um tesouro de verdade! — exclamou Arthur antes de atirar o osso para bem longe e recomeçar a cavar outro buraco.

Vovó trocou de roupa. Passou um pouco de água no rosto e olhou-se um instante no espelho.

Viu uma mulher velha, esgotada pelos dissabores, cujo coração sangrava havia muito tempo. Sentiu pena dessa mulher e perguntou-se como ela ainda conseguia ficar em pé.

Soltou um longo suspiro, ajeitou um pouco o cabelo e, então, sorriu para aquele reflexo, seu cúmplice de longa data.

A porta do escritório de Arquibaldo abriu-se lentamente.

Ela entrou devagar e contemplou o lugar, um verdadeiro museu.

Tirou delicadamente uma máscara africana da parede e examinou-a por um momento.

Seu olhar cruzou com o do marido, congelado na tela.

– Lamento muito, Arquibaldo, mas não temos escolha – disse para o marido, com amargura.

Abaixou os olhos e saiu do aposento com a máscara africana debaixo do braço.

Arthur chegara ao fundo de outro buraco e encontrou outro osso.

Alfredo murchou as orelhas, fazendo de conta que não era com ele.

– Assim não é possível! Até parece que você assaltou um açougue! – reclamou Arthur irritado.

Vovó saiu de casa, segurando a máscara embrulhada em folhas de jornal para não alarmar o neto.

– Eu... eu preciso ir até a cidade fazer umas compras – explicou meio sem jeito.

– Quer que eu vá com a senhora? – perguntou o neto educadamente.

– Não, não. Continua cavando, faz muito bem. Nunca se sabe.

Subiu apressadamente na velha caminhonete e ligou o motor.

– Não vou demorar – gritou por causa do motor barulhento.

A caminhonete afastou-se em meio a uma nuvem de poeira.

Arthur ficara um pouco perplexo diante da pressa repentina da vovó, mas o dever o chamava, e ele recomeçou a cavar.

capítulo 4

A caminhonete rodava a passo de cágado no meio da grande cidade, que não se parecia nem um pouco com a cidadezinha encantadora onde vovó costumava fazer as compras. Era uma verdadeira metrópole. As lojas exibiam suas vitrinas para os olhos de centenas de curiosos que por elas perambulavam. Tudo parecia mais belo e luxuoso.

Vovó aprumou o corpo para ficar à altura.

Estacionou na frente de uma loja e tirou da bolsa um cartão de visita. Conferiu se o endereço estava certo e entrou na pequena loja de antiguidades. Vista da vitrina, a loja dava a impressão de ser pequena, mas lá dentro parecia não ter fim. Centenas de objetos e móveis de todo tipo e de todas as épocas acumulavam-se aos montes: falsos deuses romanos de pedra cutucavam autênticas virgens mexicanas de madeira; fósseis antigos aninhavam-se no meio de vasos de porcelana como se quisessem provocar um massacre; velhos livros encadernados em couro misturavam-se aos humildes romances de viagem, e tudo parecia coabitar sem problemas, apesar das diferenças de idade e de língua.

O proprietário lia o jornal atrás do balcão. Meio antiquário, meio penhorista, o homem não inspirava confiança. A velha senhora aproximou-se, mas ele nem se dignou em levantar os olhos da página.

– Posso ajudá-la? – perguntou como se fosse um hábito antigo.

Vovó nem o havia visto no meio de toda aquela confusão.

– Desculpe – disse nervosamente, apresentando o pequeno cartão de visita. – O senhor esteve na minha casa há algum tempo e disse que... se um dia quiséssemos nos livrar dos velhos móveis ou dos bibelôs...

– Sim, pode ser – respondeu o antiquário vagamente.

Considerando as centenas de cartões de visita que ele devia ter distribuído por todo o campo, como poderia se lembrar daquela pobre mulher?

– Bem, tenho... um objeto que provém de uma coleção particular – balbuciou a senhora. – Eu queria saber se tem algum... valor.

O homem suspirou, largou o jornal em cima do balcão e colocou os óculos sem pressa. Passara o dia avaliando supostos tesouros sem nenhum valor. Abriu o pacote embrulhado em jornal e pegou a máscara.

– O que é isso? Uma máscara de carnaval? – perguntou visivelmente contrariado.

– Não, é uma máscara africana. Pertencia ao chefe da tribo dos bogos-matassalais. É uma peça rara – explicou vovó com orgulho e respeito sem, no entanto, disfarçar a tristeza de ter de se separar de uma lembrança tão bonita.

O antiquário pareceu interessado.

– Dou R$ 6,00 por ela – ofereceu com firmeza.

Imaginem o horror que seria se não estivesse interessado. Ela ficou chocada.

– R$ 6,00? Mas não é possível! É uma peça rara, de um valor inestimável, que...

O antiquário a interrompeu.

– R$ 6,50. É o máximo que posso oferecer – afirmou. – Atualmente esse tipo de objeto exótico não tem tido muita saída. As pessoas querem coisas práticas, concretas, modernas. Lamento muito. A senhora não tem outra coisa para vender?

Vovó parecia meio perdida.

– Tenho... talvez... não sei – murmurou. – O que se vende melhor no momento?

Finalmente o antiquário sorriu.

– Sem dúvida nenhuma, livros!

Arthur largou a pá. Estava desanimado. Em contrapartida, Alfredo posava na frente de um monte de ossos, feliz da vida. O jardim parecia um campo minado.

O menino encheu um grande copo com água da torneira da cozinha e bebeu de uma só vez. Soltou a respiração devagar, olhou pela janela para o entardecer e encheu outro copo.

Foi até o quarto da vovó, pegou a chave pendurada no prego da coluna da cama de baldaquino e voltou para o escritório do avô.

Entrou sem fazer barulho, segurando o copo com água na mão, acendeu uma das belas lâmpadas venezianas e sentou-se à escrivaninha.

Olhou demoradamente para o retrato do avô, que, apesar do sorriso, continuava desesperadamente mudo.

– Eu não consigo encontrar, vovô – acabou dizendo um pouco ressentido. – Eu não posso acreditar que o senhor escondeu o tesouro no jardim sem deixar uma pista em algum lugar, uma indicação, alguma coisa para que a gente consiga achá-lo. O senhor não faria isso.

O quadro continuou sorrindo. Arquibaldo ainda permanecia mudo.

– ... Será que procurei no lugar errado? – perguntou-se Arthur, incapaz de admitir uma derrota.

O menino pegou o primeiro livro da estante e começou a folheá-lo.

Em poucas horas, Arthur folheara quase todos os livros e os empilhara sob a estante. Já era noite e seu corpo doía.

Terminou pelo livro que a avó lera para ele na noite anterior. Examinou novamente o desenho dos matassalais, depois aquele dos minimoys.

Saltou algumas páginas e deparou com um desenho muito mais assustador.

Era uma sombra maléfica, um corpo descarnado, vagamente humano.

O rosto não tinha nenhuma expressão, e apenas dois pontos vermelhos pareciam desempenhar o papel dos olhos.

Arthur sentiu um arrepio percorrer seu corpo dos pés à cabeça. Nunca vira uma coisa tão feia em toda a sua breve vida. Debaixo do desenho da criatura, leu as seguintes palavras escritas à mão:

MALTAZARD, O MALDITO

Lá fora, dois olhos amarelos insinuaram-se no topo da colina. Era uma caminhonete comum que varava a noite com seus poderosos faróis. Guiado pela lua cheia, o veículo contornava as curvas que levavam até a casa.

Arthur virou as páginas depressa para esquecer aquela visão de pesadelo do terrível Maltazard o mais rápido possível.

Parou no desenho de Selenia, a princesa minimoy.

Sentiu-se reconfortado. Quando acariciou o desenho com a ponta dos dedos, percebeu que a folha estava quase solta.

Acabou de descolá-la para contemplar a princesa mais de perto.

– Espero ter a honra de encontrá-la um dia, princesa – sussurrou galantemente.

Deu uma olhada para a porta, assegurando-se de que estava sozinho, e aproximou o desenho do rosto.

– Enquanto isso, permita-me roubar um beijo seu.

Arthur beijou o desenho carinhosamente, mas quem suspirou foi Alfredo.

– Ciumento! – disse Arthur com um sorriso nos lábios.

O cachorro nem se dignou em responder. Eles ouviram um carro estacionar. Devia ser vovó voltando.

Quando Arthur virou automaticamente o desenho, descobriu outro. O rosto do menino se iluminou.

– Eu sabia que ele havia deixado uma pista! – exclamou com alegria.

O desenho era a lápis, bastante malfeito, como se tivesse sido rabiscado às pressas.

Nele também havia uma frase, que Arthur leu em voz alta.

– 'Para chegar à Terra dos Minimoys, confie em Shakespeare.' E quem será esse agora? – perguntou a si mesmo.

Levantou-se, virou o desenho em todas as direções e tentou reconhecer o lugar.

– A casa está aqui... o norte ali...

Agora o desenho estava no sentido certo, o que o levou até a janela.

Abriu-a rapidamente e consultou o mapa outra vez. O desenho correspondia exatamente à vista da janela do escritório.

– O grande carvalho, o anão de jardim, a lua, está tudo aqui! – exclamou muito animado. – Achamos, Alfredo! Achamos!

O menino extravasou toda a sua alegria saltitando como um canguru alegríssimo que engoliu uma mola.

Muito feliz, ele correu para a porta para contar à vovó a descoberta, quando esbarrou no antiquário e seus dois empacotadores.

— Devagar, meu rapaz, devagar — conteve-o o antiquário gentilmente.

Apesar da surpresa, por instinto Arthur escondeu o desenho nas costas.

O homem voltou para o corredor e gritou para a senhora em um tom de voz que não deixava dúvidas.

— Está aberto, madame. Aberto e ocupado.

Vovó saiu do quarto.

— Arthur, já avisei que não quero que você brinque aí — ralhou com nervosismo a senhora.

Ela agarrou Arthur pelo braço e se colocou de lado para deixar o antiquário passar.

— Desculpe. Por favor, entre — disse a velha mulher educadamente.

O antiquário olhou em volta como um urubu que verifica se o cadáver está realmente morto.

— Isso é bem mais interessante — comentou por fim com sorriso de máquina registradora.

Arthur puxou vovó discretamente pela manga.

— Quem são eles, vovó? — cochichou preocupado.

Muito pouco à vontade, a velha senhora torceu as mãos para conseguir forças para explicar.

– São... aquele senhor está aqui para... avaliar as coisas de seu avô. Já que precisamos sair daqui, então é melhor nos livrarmos logo de todas essas velharias – respondeu tentando se convencer.

Arthur ficou chocado.

– A senhora não vai vender as coisas do vovô, vai?

Ela esperou um instante como se hesitasse, como se sentisse remorso, mas por fim respondeu, depois de um longo suspiro.

– Infelizmente parece que não temos outra escolha, Arthur.

– Claro que temos! Claro que temos uma escolha! – rebelou-se o neto, mostrando o desenho. – Olhe! Eu sei onde está o tesouro. Vovô deixou uma mensagem. Um mapa inteiro!

Vovó não entendeu nada.

– Onde você achou isso?

– Estava debaixo do nosso nariz o tempo todo, dentro do livro que a senhora lê para mim todas as noites – explicou o neto, entusiasmado.

Mas vovó parecia cansada demais para acreditar em todas aquelas fantasias.

– Coloque isso de volta no lugar imediatamente – ordenou com seriedade.

Arthur ainda tentou convencê-la.

– Vovó! A senhora não está entendendo! É o mapa para chegarmos até os minimoys. Eles estão aqui, em algum lugar do jardim! Vovô os trouxe com ele da África. E, se conseguirmos encontrá-los, tenho certeza de que eles nos levarão até o tesouro do vovô – acrescentou com convicção.

Vovó perguntou-se como o neto conseguira enlouquecer em tão pouco tempo.

– Arthur, agora não é hora para brincadeira. Coloque isso de volta no lugar e fique quieto.

Arthur estava arrasado. Olhou para a avó com os grandes olhos inocentes cheios de lágrimas.

– Você não acredita, não é? Você acha que vovô inventou essas histórias?

A velha senhora levantou os olhos para o teto e colocou a mão suavemente no ombro dele.

– Arthur, você já está bem grandinho, não é mesmo? Você acha realmente que o jardim está cheio de pequenos duendes que só estão à sua espera para lhe entregar um saco cheio de rubis?

Como uma raposa atraída pelo cheiro, o antiquário virou imediatamente a cabeça.

– Como? – perguntou com educação.

– Nada... não foi nada... eu estava falando com meu neto – respondeu vovó.

O homem continuou a vistoria como se nada tivesse acontecido, mas ele tinha absoluta certeza do que ouvira.

– Bem, se a senhora também tiver jóias, é claro que ficaremos com elas.

Ele arremessou a frase como alguém que joga pedaços de pão aos pombos.

– Infelizmente não há nenhuma jóia – respondeu a velha mulher com firmeza e voltou-se novamente para Arthur: – E agora guarda o desenho, depressa.

O menino obedeceu a contragosto, enquanto o antiquário lia os dizeres em cima da escrivaninha como se fosse uma faixa de "Feliz aniversário".

– 'As palavras muitas vezes escondem outras. William S.'

O homem pareceu achar o enigma divertido.

– S de Sócrates? – perguntou inocentemente.

– Não, S de Shakespeare. William Shakespeare – corrigiu vovó.

De repente Arthur teve um estalo! Ele apanhou outra vez o desenho que guardara e releu a frase: – 'Para chegar à Terra dos Minimoys, confie em Shakespeare'.

– Ah! Errei por pouco! – exclamou o antiquário.

A velha senhora o olhou séria.

– Sim, claro. O senhor apenas se enganou em quase dois mil anos.

– É mesmo?... Como o tempo passa depressa – respondeu para disfarçar a ignorância.

– O senhor tem razão. O tempo realmente passa bem depressa; portanto apresse-se e escolha logo o que vai levar antes que eu mude de idéia – revidou vovó, um pouco irritada.

– Vamos levar tudo – avisou o homem aos empacotadores.

Vovó perdeu a voz. Arthur discretamente enfiou o desenho no bolso traseiro da calça.

– Ai, ai, ai! Nada de trapaças, garoto – preveniu o antiquário com um sorriso de inquisidor. – Eu disse: vamos levar... tu-do!

Com muita pena, Arthur tirou o papel do bolso e o entregou ao antiquário, que o guardou imediatamente em seu próprio bolso.

– Muito bem, garoto – parabenizou-o o habilidoso dono do antiquário, dando tapinhas na cabeça de Arthur.

Os empacotadores iniciaram seu triste bailado. Sob o olhar lacrimoso da pobre mulher, que via desaparecer diante de seus olhos anos e anos de lembranças, móveis e objetos foram sumindo a uma velocidade espantosa.

A cena era tão desoladora como a de uma floresta em chamas desaparecendo na fumaça.

Um dos dois homens corpulentos pegou o quadro com a efígie de Arquibaldo. Quando ele passou por ela, a velha senhora agarrou-se à moldura e o deteve.

– Não. Esse não – ordenou com firmeza.

O homenzarrão não o largou.

– Ele disse tudo!

A mulher começou a gritar.

– E eu digo tudo MENOS o retrato do meu marido!

O brutamontes não sabia o que fazer diante da energia repentina daquela senhora, que continuava agarrada ao quadro.

O empregado olhou para o patrão, que achou melhor acalmar a situação.

– Simão! Deixa o quadro do marido dessa senhora em paz. Ele não fez nada a você – disse, brincando. – Desculpe. Infelizmente a capacidade muscular dele é inversamente proporcional à capacidade intelectual – justificou-se como se fizesse uma piada.

Pegou o quadro e entregou-o a ela.

– Tome. É cortesia da casa – ainda ousou acrescentar.

A porta traseira do caminhão estava escancarada, e os dois fortões acabaram de empilhar as últimas caixas.

Afundado no sofá da sala, Arthur observava vovó, que, parada na soleira da porta, concluía a negociação com o antiquário.

O homem terminou de contar o dinheiro e colocou o maço de notas na mão dela.

– R$ 1.000,00. Redondinhos! – anunciou orgulhosamente.

A velha senhora olhou para o maço de notas com tristeza.

– É pouco dinheiro para trinta anos de recordações.

– É um adiantamento. Se eu conseguir vender o conjunto todo, a senhora receberá pelo menos mais dez por cento.

– Que maravilha... – respondeu vovó, mal-humorada.

– A grande feira será daqui a dez dias. Se mudar de idéia, a senhora pode passar lá e recuperar tudo – informou o antiquário.

– É muito amável da sua parte – agradeceu a senhora gentilmente.

Quando foi abrir a porta da entrada para deixar o antiquário sair, ela deu de cara com um homenzinho de terno cinza acompanhado por dois policiais.

Não era preciso ser detetive para saber que o homem de terno era um oficial de justiça.

– Senhora Suchot? – perguntou o homem da lei educadamente, mesmo com o tom de voz não deixando dúvidas sobre o objetivo da visita.

– Sou eu. O que deseja? – perguntou vovó, preocupada.

Um dos dois policiais fez um gesto amigável com a mão para tranqüilizá-la. Era Martim, o policial que ela sempre encontrava quando ia ao supermercado. O homem de terno cinza se apresentou.

– Frederico de Saint-Clair, oficial de justiça.

Pressentindo problemas, o antiquário preferiu sair de mansinho.

– Até breve, madame. Foi um prazer fazer negócio com a senhora – despediu-se com um sorriso e foi embora.

É claro que o maço de notas na mão da avó chamou a atenção do oficial de justiça.

– Ah, vejo que cheguei na hora certa – disse no tom de voz azeitada de um contador, ao mesmo tempo que apresentava um documento. – Esta é uma ordem de cobrança contra a senhora por trabalhos devidos ao requerente, Ernesto Vitor-Emanuel Davido. O montante corresponde a R$ 800,00, acrescidos de seis por cento de multa por atraso, mais as despesas do processo. Ou seja: um total de R$ 1.000,00.

Nada em sua voz indicava a possibilidade de negociação.

A avó olhou para o maço de notas que segurava na mão e, como um autômato, entregou-o ao oficial de justiça.

Um pouco espantado de não ter de enfrentar nenhuma discussão, o oficial de justiça pegou o dinheiro.

– Com licença – disse e começou a contar as notas a uma velocidade espantosa.

Arthur, que do sofá observava a cena, não parecia inquieto nem espantado. Apenas irritado. Ele já entendera fazia algum tempo que a avó tinha sido empurrada para dentro de uma espiral da qual não conseguiria mais escapar.

– A menos que eu tenha me enganado... faltam R$ 10,00 – comentou o oficial de justiça.

– Não entendo... deveria ter R$ 1.000,00! – exclamou a velha mulher, espantada.

– A senhora quer contar de novo? – perguntou o homem educadamente, mas muito seguro de si.

Era pouco provável que tivesse se enganado. Ele era como um papa-defuntos: se afirmava que o cliente estava morto, podia-se confiar nele.

Vovó estava arrasada.

– Não, não será necessário... o senhor deve estar certo – respondeu meneando a cabeça.

No caminhão que cruzava a noite, o antiquário parecia muito satisfeito.

– Que belo negócio! E tão fácil – disse a seus comparsas, que caíram na gargalhada.

– Vejamos o que aquele monstrinho estava tentando esconder – disse, enfiando a mão no bolso e tirando o papel que Arthur lhe entregara a contragosto.

Desdobrou-o com um prazer bem demorado: era a lista de compras do supermercado.

capítulo 5

Na sala, Arthur também desdobrou sua folha de papel. Era o desenho da princesa Selenia que ele tão sutilmente trocara. Acariciou-o como se fosse sua última esperança.

O oficial de justiça prosseguia com seu dever.

– Apesar de a quantia ser pequena, lei é lei. Portanto, vou proceder à tomada de um bem que cubra o débito de R$ 10,00 – preveniu.

O oficial de justiça e o *pit bull* têm dois pontos em comum: nunca largam a presa e sorriem da mesma maneira diante do sofrimento alheio.

Martim, o gentil policial, sentiu-se na obrigação de intervir.

– Olhe, falta muito pouco. Não poderíamos dar alguns dias para a senhora pagar? – perguntou cheio de bom senso.

O oficial de justiça ficou meio sem jeito.

– Bem que eu gostaria, mas... a sentença exige o pagamento integral e imediato do débito. Eu posso ser punido se não aplicá-la ao pé da letra.

– Entendo – interferiu gentilmente vovó, cuja bondade parecia não ter limites. – Vamos, faça seu trabalho – acrescentou, afastando-se para deixá-lo passar.

O oficial de justiça, que de repente ficara todo pesaroso, hesitou antes de entrar.

Mas a hesitação passou bem rápido, e ele ia dando um passo quando foi interrompido pelo gentil policial.

– Espere! – disse Martim tirando a carteira do bolso. – Tome. Aqui tem R$ 10,00. Agora a dívida está paga – afirmou, entregando o dinheiro ao colega.

O oficial de justiça sentiu-se um idiota, o que é sempre esquisito quando se é o último a perceber.

– Não... bem, não é exatamente o procedimento correto, mas... considerando as circunstâncias, eu aceito.

Vovó estava a ponto de chorar, porém por dignidade controlou as lágrimas.

– Muito obrigada, senhor policial, eu... eu pagarei assim que... assim que puder.

– Não se preocupe, madame Suchot. Tenho certeza de que, quando seu marido voltar, ele irá ajeitar as coisas – respondeu Martim com muita delicadeza.

– Ele certamente fará isso – afirmou vovó, muito emocionada para enfrentar o olhar carinhoso de Martim.

O policial segurou o oficial de justiça pelo ombro e começou a empurrá-lo para fora.

– Vamos, você já trabalhou o suficiente por hoje. Vamos embora.

O homem não ousou contradizê-lo.

– Madame, meus respeitos – conseguiu falar antes de ser levado embora.

Vovó fechou a porta lentamente e ficou parada ali por um momento, um pouco atordoada.

Nesse instante o telefone tocou bem ao lado de Arthur. O menino atendeu, meio desanimado.

– Alô? Arthur, meu querido? É a mamãe. Como você vai? – chiou a voz do outro lado.

– Muito bem – respondeu um pouco irônico. – Eu e a vovó estamos ótimos.

Vovó, que acabara de voltar à sala, gesticulava nervosamente para o neto, gestos que poderiam ser traduzidos como: 'Não conte nada para eles'.

– O que você fez hoje? – perguntou a mãe como sempre fazia.

– Hoje foi dia de arrumação – respondeu Arthur. – Você não imagina a quantidade de velharias inúteis que a gente junta numa casa. Vovó e eu jogamos tudo fora.

– Arthur, por favor, fique calmo – sussurrou a avó.

Arthur fez melhor do que isso: desligou.

– Arthur! Você desligou o telefone na cara da sua mãe! – reclamou vovó, aborrecida.

– Nada disso. O telefone desligou sozinho – explicou o neto, dirigindo-se para a escada.

– Aonde você vai? Fique aqui, ela vai ligar de novo.

Arthur parou no meio da escada e olhou para vovó.

— Cortaram a linha, vovó. A senhora ainda não percebeu o que está acontecendo? Caímos numa armadilha. Uma armadilha que fica mais complicada a cada hora que passa. Mas eu não vou me entregar! Eles não vão me pegar vivo nesta casa!

Era bem provável que Arthur houvesse copiado essa última frase de algum filme de aventura, e como ele a disse bem! Deu meia-volta e subiu orgulhosamente a escada. Se usasse um chapéu poderia até passar por Indiana Jones.

Vovó tirou o telefone do gancho e constatou que a linha estava de fato muda.

— Deve ser um corte temporário. Isso costuma acontecer muito durante as tempestades.

— Faz mais de um mês que não chove — informou Arthur do alto da escada.

Então alguém bateu à porta.

— Ah! Está vendo? Deve ser o técnico — tranqüilizou-o vovó.

Ela correu até a porta e deparou com um técnico uniformizado.

— Boa noite, dona! — cumprimentou-a o homem, tocando o boné com dois dedos e fazendo uma pequena continência.

— O senhor chegou bem na hora — respondeu a senhora. — O telefone acaba de ser cortado! A companhia deveria ter pelo menos a gentileza de avisar antes de humilhar as pessoas dessa maneira!

— A senhora tem toda razão — concordou o técnico educadamente. — Só que eu não sou da companhia telefônica, sou da companhia de luz... – explicou mostrando o crachá preso no casaco como prova irrefutável – ... e vim aqui exatamente para avisá-la de que sua luz será cortada em breve por falta de pagamento.

Também apresentou um comunicado. Vovó poderia começar uma coleção de comunicados e documentos oficiais.

Arthur entrou no escritório vazio. Além de alguns objetos sem valor, restavam apenas a escrivaninha, uma cadeira e o quadro do avô.

Chateado, o menino sentou-se na cadeira e leu novamente a faixa que o antiquário esquecera por milagre. Bem, é verdade que aquele pedaço de pano não tinha valor algum, mesmo que seus dizeres não tivessem preço.

– 'As palavras muitas vezes escondem outras' – repetiu em voz alta.

Ele tinha certeza de que o enigma estava ali, bem debaixo do nariz.

– Vovô, por favor, me ajuda. Se as palavras escondem outras, que enigma está por trás dessas palavras?

Ele podia interrogar o avô o quanto quisesse. O quadro permanecia definitivamente mudo.

Vovó terminara de ler a folha azul e a devolveu ao funcionário.

– E... a luz será cortada quando? – perguntou como se fosse a coisa mais natural do mundo.

– Logo, acho – respondeu o técnico.

No mesmo instante, a casa inteira ficou às escuras.

– Realmente isso foi logo – concordou a velha senhora. – Fique onde está que eu vou apanhar uma vela.

Arthur riscou um fósforo e aproximou-o de outra vela. Uma pequena bola de luz acendeu, como um oásis no meio do deserto. Ele colocou a vela em cima da escrivaninha e recuou um pouco para examinar melhor a faixa, a chave do enigma.

– Chegou o momento de ser inteligente – disse para si mesmo, como um desafio. – 'As palavras... muitas vezes... escondem... outras...'

A luz da vela, que estava um pouco atrás da faixa, acentuava sua transparência. Arthur teve a impressão de ver algo.

Pegou a vela, subiu na cadeira e posicionou a chama atrás da faixa, que ficou transparente. Outras palavras apareceram, as palavras que se escondiam por trás daquelas.

O rosto de Arthur se iluminou.

– Mas é claro! – exclamou.

Tentou conter a alegria porque o tempo era curto. Passando a vela por trás da faixa, começou a ler a frase escondida à medida que a iluminava. Enquanto lia, parecia ouvir a voz profunda do avô. Era como se ele estivesse no aposento.

– 'Meu querido Arthur, eu tinha certeza de que podia contar com você para solucionar esta simples charada.'

Arthur fez uma careta.

– Não foi tão simples assim, vovô – respondeu como se o avô estivesse de fato ao seu lado.

A voz do ancião parecia continuar ressoando.

– 'Você deve estar com uns dez anos para ser tão esperto. Eu, no entanto, não sou nem um pouco esperto, porque, se você estiver lendo estas linhas, é bem provável que eu já esteja morto.'

Arthur parou de ler. O avô, que provavelmente já estava morto, de repente parecia mais vivo do que nunca. Ele tentou espantar aqueles pensamentos fúnebres.

– 'Portanto, cabe a você a pesada tarefa de terminar a minha missão. Se você aceitar, é claro.'

Arthur olhou para o retrato do avô. A confiança que o velho homem depositara nele inflou seus pequenos pulmões.

– Eu aceito, vovô – concordou solenemente e voltou à leitura.

– 'Não esperava menos de você, Arthur. Você é digno de ser meu neto' – escrevera o avô para ele.

Espantado com a clarividência do ancião, Arthur sorriu.

– Muito obrigado, vovô.

O texto continuava.

– 'Para chegar à Terra dos Minimoys, você precisa saber qual será o dia da próxima passagem. Ela só acontece uma vez por ano. Para descobrir o dia, pegue o calendário universal que está em cima da escrivaninha e conte até a décima lua do ano. Na noite da décima lua, exatamente à meia-noite, um raio de luz se abrirá para a Terra dos Minimoys.'

Arthur não conseguia acreditar no que estava lendo. Isso queria dizer que tudo o que imaginara era verdade: o tesouro escondido, os minimoys e... a princesa Selenia!

Soltou um suspirinho, tentou voltar à realidade e correu até a escrivaninha atrás do calendário que, felizmente, também não interessara ao antiquário.

O garoto consultou-o rapidamente e contou as luas.

– Sete... oito... nove... dez!

Olhou para a data correspondente.

– 31 de julho! Mas é hoje! – percebeu espantado com a coincidência.

Olhou para o relógio pendurado na parede. Os ponteiros marcavam 23 horas e 36 minutos.

– Faltam só 24 minutos para meia-noite! – exclamou quase em pânico.

À luz de vela, vovó acabara de assinar o papel que o técnico segurava gentilmente para ela.

– Pronto. O rosa é seu, o azul é meu. Um para as meninas, outro para os meninos – disse o homem tentando brincar, mas a piada caiu no vazio.

A velha senhora permaneceu impassível como um pedaço de mármore.

– Para religar a luz, a senhora deve ir ao escritório central das nove às dezoito horas. Com um cheque, é claro.

– É claro – ela repetiu e acrescentou curiosa: – Me diga uma coisa, como é que o senhor ainda está trabalhando a esta hora? Já passa muito das seis, não?

– Acredite, dona, não acho nem um pouco divertido, mas o escritório é quem manda – respondeu o funcionário da companhia de luz. – Eles fizeram questão de que eu passasse aqui hoje a este horário. Vão me pagar o triplo pelas horas extras. Parece até que alguém da CED não lhe quer bem.

– Da CED?

– Central Elétrica Davido – soletrou o técnico.

– Ah! Agora estou começando a entender – ela suspirou. De repente, ouviram pancadas no primeiro andar. Pareciam marteladas.

Um pouco inquieto, o técnico tentou brincar outra vez.

– Pelo visto não sou o único que faz hora extra aqui.

– Não é não. São os fantasmas – afirmou vovó, muito séria, e com uma certeza que não deixava nenhuma dúvida. – A casa está cheia deles. Aliás, é melhor o senhor ir embora logo. Eles odeiam uniformes.

O técnico examinou-se dos pés à cabeça. Ninguém poderia estar mais uniformizado do que ele. Deu um sorriso amarelo e, na dúvida, preferiu ir embora.

– Ora, essa é boa. Bem, já estou indo mesmo – disse recuando na direção do jardim.

Assim que ficou longe da claridade da vela, ele saiu correndo para o carro.

A velha mulher sorriu, bateu a porta e levantou a cabeça para tentar localizar de onde vinham aquelas marteladas.

capítulo 6

Arthur batia como um louco em cima de uma pequena placa de metal presa na parede, claro que com a ajuda de um martelo.
– 28, 29... 30! – arquejou.
A última pancada, mais forte que as outras, soltou uma pequena tábua da parede. O pedaço de madeira estava montado sob um eixo. Era a entrada de um minúsculo esconderijo.
Arthur enfiou a mão dentro do espaço apertado e encontrou um papel.
Ele o desdobrou e rapidamente leu o que estava escrito.
– 'Meus parabéns. Você acabou de resolver o segundo enigma. Portanto, aqui está o terceiro e último. O velho aquecedor. Gire a válvula de segurança para a direita e dê tantas voltas quantas forem as letras do seu nome. Depois, gire um quarto de volta para trás.'
Arthur correu até a janela e se ajoelhou na frente do velho aquecedor. Segurou a válvula de segurança e começou a girar.
– Arthur! A–R–T–H–U–R!!!

O menino precisou se esforçar para não perder a concentração. Ele não tinha tempo para errar.

– E agora... um quarto para a esquerda!

Esfregou as mãos e respirou fundo, como se estivesse se preparando para o pior.

E o pior aconteceu. Pela porta. Vovó apareceu e Arthur se assustou.

– O que você está aprontando agora? O que significam essas marteladas? – perguntou irritadíssima por causa daquele dia terrível que parecia nunca acabar.

– Eu... eu estou consertando o aquecedor do vovô – balbuciou Arthur.

– No meio da noite? Em pleno verão? – espantou-se a senhora, a quem a mentira não enganara nem um pouco.

– Nunca se sabe. Às vezes o inverno chega sem avisar. A senhora mesma diz isso o tempo todo – replicou Arthur com muito bom senso.

– É verdade, digo mesmo. Mas em geral no mês de novembro – afirmou aborrecida. – E também digo que é quase meia-noite e que é hora de ir para a cama. E eu também já falei mil vezes que não quero que você entre no escritório do seu avô.

– Por quê? Não tem mais nada – respondeu Arthur com muita lógica.

A avó entendeu que a proibição realmente não fazia mais sentido. Mas insistiu, por uma questão de princípio.

– É verdade que não há mais nada... mas as lembranças continuam aqui, e eu não quero que você as perturbe! – concluiu.

Aproximou-se do calendário, arrancou a página do dia 31 de julho e revelou o dia 1º de agosto. Colocou a página arrancada dentro de uma caixinha onde se lia: 'Os dias sem você'. Aquela pilha de folhas era muito importante para ela.

– Anda! Para o quarto já!

Arthur obedeceu contrariado enquanto vovó trancava a porta com a chave e a pendurava em seu lugar, na coluna da cama de baldaquino.

Depois, foi ver o neto, que acabara de vestir o pijama.

Puxou os cobertores da cama. O menino deitou-se em silêncio.

– Que tal uma história curtinha? Mas não mais do que cinco minutos! – propôs vovó cordialmente para se redimir um pouco.

– Não, obrigado. Estou cansado – respondeu Arthur fechando os olhos.

Vovó ficou um pouco surpresa, mas não insistiu. Pegou a vela e saiu do quarto, deixando-o sob os cuidados do luar.

Assim que a porta se fechou, o menino levantou tenso como um arco.

– Agora é sua vez, Arthur! – disse a si mesmo para criar coragem.

Entreabriu a porta e endireitou-se para ouvir melhor. Ouviu o barulho do chuveiro: vovó aproveitava os últimos litros de água quente.

O menino foi sorrateiro até o quarto dela. O vapor da água escapava pela porta entreaberta do banheiro.

Avançou lentamente, tateando com a ponta dos pés as tábuas corridas que poderiam estalar.

Aproximou-se da cama da avó, esticou todo o bracinho até alcançar a chave e retirou-a do gancho.

Sem desviar os olhos da porta do banheiro, começou a recuar de costas para a saída.

De repente, esbarrou em alguma coisa e deu um grito. Aquela 'alguma coisa' era, na realidade, alguém: vovó, da mesma família do neto-raposa, só que cinqüenta anos mais experiente.

– A senhora me assustou! – reclamou o menino. – Eu... eu achei que a senhora estava tomando banho.

– É, mas não estava. Eu estava na sala apanhando meu remédio para dormir – disse, exibindo o pequeno frasco. – E eu o aconselho a ir para cama o mais rápido possível se não quiser que eu o obrigue a engolir todo o conteúdo deste frasco!

E arrancou a chave da mão de Arthur, que saiu correndo para seu quarto.

A avó suspirou, pendurou a chave no prego novamente e foi atrás do neto.

À luz da vela viu que o menino já estava enfiado na cama com os lençóis puxados até o queixo.

– Agora dorme, é quase meia-noite – ordenou.

– Eu sei! – respondeu Arthur, angustiado com o tempo que passava e do qual ele não podia dispor.

– Vou trancar a porta para evitar que você tenha mais tentações – explicou a avó tranqüilamente.

Bem de perto daria para ouvir o nó na garganta de Arthur sob o efeito do pânico. Mas vovó estava longe para ouvir. Ela sorriu e trancou a porta.

Arthur jogou os cobertores para longe e saiu da cama. Já havia amarrado os outros lençóis e cobertores uns aos outros. Era só abrir a janela e descer.

Ele premeditara a fuga. Primeiro passou uma perna pela beirada da janela, depois escorregou pela escada improvisada.

Vovó colocou a vela em cima do pequeno criado-mudo ao lado da cama. A luz fraca permitia que ela pelo menos enxergasse a hora no velho despertador.

Faltavam quinze minutos para meia-noite. A pequena chama ajudou-a também a contar as gotas do remédio. Apenas três, que ela pingou dentro de um grande copo com água e engoliu de uma vez só. Em seguida, colocou os óculos sobre o criado-mudo, deitou e deixou que o sono a invadisse.

Arthur soltou a corda improvisada, curta demais para alcançar o chão, e caiu. Levantou-se e saiu correndo feito um raio para a porta de entrada.

Alfredo, que sempre guardava a entrada com tanto orgulho, levou um susto quando viu Arthur e se perguntou como seu dono conseguira fazer aquela mágica.

Como a porta estava trancada, Arthur enfiou-se pela pequena abertura com a portinhola de vaivém reservada ao cachorro. Alfredo estava cada vez mais surpreso. Agora seu dono andava de quatro e usava a entrada reservada aos artistas.

Arthur calçou as pantufas em um ato mecânico e atravessou a sala.

Ouvia-se o incessante tiquetaque do grande relógio, que indicava 23 horas e 49 minutos.

A subida até o primeiro andar ocorreu sem problemas, mas em frente do quarto da avó tudo complicou: a porta estava trancada.

– Droga! – exclamou Arthur sem querer.

Ele tinha apenas alguns minutos para pensar.

Olhou pelo buraco da fechadura para verificar se a chave continuava pendurada no prego. Estava. Essa era a única boa notícia.

– "Uma idéia, Arthur, pensa em alguma idéia!", repetiu baixinho sem parar.

O menino recuou, olhou em volta e examinou tudo o mais rápido que pôde à procura de qualquer coisa na qual uma idéia pudesse se agarrar.

Acima da porta havia uma pequena janela: um dos cantos estava quebrado.

Ele encontrara a solução.

Guiado pelo feixe de luz de uma lanterna de bolso, abriu a porta da garagem e entrou.

Subiu na bancada e encontrou as varas de pescar do avô cuidadosamente arrumadas ao longo da parede. Pegou uma.

Quando viu seu dono passar com uma vara de pescar nos braços, Alfredo teve um sobressalto. "Que diabos se pesca a esta hora", pensou o cão completamente desorientado em relação aos horários.

Arthur encontrara um ímã preso a uma das portas do armário da cozinha. Enfiou o pequeno canivete suíço atrás dele e o soltou. Voltou para a porta do quarto da avó e, cuidadosamente, amarrou o ímã na ponta da vara de pescar.

"Muito esperto", pensou Alfredo, que, apesar de tudo, continuava sem entender o que seu dono ia pescar àquela hora e, principalmente, dentro de casa.

Em silêncio mas a toda a velocidade, Arthur começou a empilhar, sobre uma mesa baixa, algumas cadeiras até chegar a uma altura suficiente para alcançar o canto quebrado da janelinha da porta do quarto da avó. Escalou com todo o cuidado o andaime e enfiou a vara de pescar pelo buraquinho da janela.

O cachorro o observava sem entender nada. Ele nunca notara que o riacho passava pelo quarto da vovó.

O menino esticou a vara de pescar bem devagar e abaixou o fio com o ímã na direção da chave pendurada no prego.

Alfredo resolveu verificar o que o garoto estava fazendo. Quando o cachorro se aproximou do andaime, uma tábua estalou.

Arthur perdeu o equilíbrio e agarrou-se como pôde. No quarto, o ímã balançou e bateu no pequeno frasco, que tombou de lado e começou a gotejar dentro do copo com água que vovó deixara sobre o criado-mudo.

– Arthur? – chamou vovó, sentando-se na cama meio adormecida.

Arthur não mexeu um fio de cabelo e rezou para que Alfredo fizesse o mesmo.

O cachorro ficou imóvel, com exceção do rabo, que continuou abanando de leve.

Vovó prestou atenção ao silêncio. Ouviu alguns grilos e um ou dois sapos no jardim. Nada de alarmante, mas muito perfeito para ser verdade.

Pegou os óculos da mesinha-de-cabeceira sem notar as gotas de sonífero que continuavam pingando dentro do copo. Abriu a porta do quarto e olhou para a esquerda, na direção da escada. Viu apenas Alfredo sentado no meio do corredor abanando o rabo.

O que ela não viu foi Arthur, que estava bem atrás, mumificado lá no alto do andaime improvisado, segurando a vara de pescar nas mãos.

Alfredo, que continuava sem entender nada, resolveu dar um sorriso.

– Vá deitar, anda! – ordenou a avó.

O cachorro colocou o rabo entre as pernas e desceu pela escada. Aquilo ele entendia.

– Por que será que ninguém quer dormir hoje à noite? Será a lua cheia? – perguntou-se vovó, fechando a porta devagar.

Arthur pôde finalmente respirar. Por milagre, ele não tinha sido descoberto.

Vovó tirou os óculos e os colocou de volta em cima da mesinha-de-cabeceira. Depois, pegou o copo com água dentro do qual o frasco com o sonífero se esvaziara até a última gota, bebeu tudo de uma só vez e fez uma careta.

O efeito foi instantâneo: ela caiu de costas em cima da cama sem nem sequer ter tempo de se enfiar debaixo do edredom.

Vovó começou a roncar, e então Arthur reiniciou sua pesca milagrosa.

O ímã desceu devagar até a chave e agarrou-se a ela. O prego discordou do assalto, resistindo. Arthur contraiu o rosto e começou a se movimentar para pôr um fim àquele duelo contra o prego.

Alfredo resolvera subir novamente para verificar em que ponto estava a pesca e aproximou-se de Arthur, que não parava de se contorcer no alto do andaime improvisado.

O cachorro pisou outra vez na mesma tábua, que acabou se soltando. O pé da mesinha em que Arthur se apoiava saiu do lugar, e o andaime perdeu seu frágil equilíbrio.

– Oh, não! – exclamou o menino.

O conjunto desmoronou como um castelo de cartas no meio de uma barulheira horrorosa. Alfredo saiu em disparada.

A cabeça de Arthur apareceu atrás de uma cadeira, como um sobrevivente depois de um terremoto. O sopro provocado pela catástrofe fora tão violento que abrira a porta do quarto da vovó. Bom, é verdade que a porta nem estava trancada.

Arthur espichou o pescoço e viu vovó esparramada por cima da cama, roncando com o sono dos justos.

"Como é que ela não acordou com toda essa confusão?", perguntou-se em pensamento o menino espantado.

Entrou no quarto, aproximou-se da cama e verificou se a avó estava bem. Roncando daquele jeito, não havia a menor dúvida de que estava bem viva.

Foi então que viu o pequeno frasco entornado e entendeu o que acontecera.

Pegou o edredom e cobriu sua doce vovozinha, cujo rosto parecia ter rejuvenescido trinta anos sob o efeito do sonífero.

– Tenha bons sonhos, vovó – sussurrou o neto antes de pegar a chave no chão e desaparecer.

capítulo 7

Arthur acendeu outra vela e correu até o velho aquecedor.

– Um quarto de volta... para a esquerda – lembrou-se o menino, segurando e girando a válvula de segurança.

Um mecanismo muito barulhento soltou o aquecedor da parede e abriu-o de lado, deixando à mostra um novo esconderijo, muito maior do que o anterior, suficientemente espaçoso para esconder uma grande mala de couro.

Arthur puxou a mala, que estava toda empoeirada, para o centro do aposento e a abriu. Dentro dela havia um bonito estojo de veludo bordô com uma magnífica luneta de cobre e, ao lado, o grande tripé sobre o qual a luneta se apoiava.

Na tampa, cinco pequenas estatuetas africanas alinhavam-se uma ao lado da outra, representando cinco homens em trajes de gala: eram cinco bogos-matassalais.

Maravilhado, Arthur ficou olhando para seu tesouro. Ele não sabia por onde começar.

Pegou uma chave minúscula amarrada a uma etiqueta em que se lia: 'Guarde esta chave sempre com você'.

Arthur resolveu começar por ela, enfiando-a no bolso. Em seguida, desdobrou o pergaminho com as instruções. O plano, bem simples, estava organizado em volta do velho carvalho do jardim.

O anão de jardim escondia um buraco dentro do qual era preciso enfiar a luneta de cabeça para baixo. Depois ele devia abrir o tapete de cinco pontas e colocar uma estatueta em cada extremidade.

Tudo parecia muito simples. Arthur verificou se não esquecera nada, memorizou as instruções rapidamente, enfiou a luneta e o tripé debaixo do braço e saiu do escritório.

Quando atravessou a sala, o relógio marcava 23 horas e 51 minutos.

Faltavam apenas nove minutos para a abertura do portal-luz!

Arthur não tinha a menor idéia do que o esperava nem de como era aquele famoso portal, mas, deslumbrado com a missão, seguiu ao pé da letra as instruções do avô.

Apesar da bela lua cheia, o menino não estava enxergando grande coisa.

– Precisamos de luz – disse para Alfredo, que o seguia por toda parte.

Arthur correu até a caminhonete da avó e sentou-se ao volante. Pegou as chaves escondidas atrás do pára-sol e tentou lembrar como tudo funcionava.

– Por que está me olhando assim? – perguntou para Alfredo.

– Eu vi a vovó fazer isso mais de mil vezes.

Ligou o motor. A velha caminhonete, que não estava nem um pouco habituada a ser acordada no meio da noite, teve um ataque de tosse. Arthur acendeu os faróis, mas o carro estava na posição errada e não iluminou o velho carvalho. Ele engatou a primeira marcha, contudo o carro teimava em não sair do lugar.

– O freio de mão, imbecil! – lembrou-se de repente.

Puxou a alavanca do freio de mão com toda a força e a soltou.

O carro deu um grande solavanco para a frente, Arthur deixou escapar um grito e fez o melhor que pôde para controlar a caminhonete, que começou a dar voltas pela casa sem parar. Segurando o enorme volante entre as mãos, com os olhos na altura do painel de controle, ele tentou a todo custo evitar as árvores, mas não conseguiu evitar o varal de roupas, que acabou sendo arrastado com tudo o que estava pendurado nele.

Escondidos debaixo dos lençóis, os dois olhos luminosos continuaram avançando sozinhos, soltando gritos de criança. Era um fantasma perfeito, e Alfredo saiu correndo em disparada, ganindo.

Enquanto isso, e apesar daquele espectro, com seus gemidos, e os faróis que iluminavam o campo, vovó continuava dormindo profundamente.

A caminhonete acabou batendo em uma árvore, tão jovem quanto Arthur. O susto foi grande; os danos, no entanto, mínimos. A boa notícia era que, naquele momento, o feixe de luz dos faróis apontava diretamente para o anão de jardim.

O garoto saltou do carro, correu até o homenzinho de gesso e arrancou-o do chão.

– Desculpe, meu velho! – disse colocando-o de lado.

O anão escondera muito bem seu jogo, e o buraco, que aparentemente não era muito grande, parecia não ter fundo.

Arthur arrumou o tripé e enfiou a parte mais larga da luneta no buraco, exatamente como constava nas instruções.

Ficou perplexo um instante e perguntou-se como aquele estranho conjunto poderia abrir um portal, mesmo que fosse apenas de luz.

– Toma conta que eu vou buscar o resto – ordenou a Alfredo e saiu correndo.

Alfredo olhou para aquilo tudo e pareceu tão perplexo quanto seu dono.

Arthur tirou o tapete pesado do fundo da mala e o jogou por cima do ombro. Depois, passou-o por cima do parapeito do primeiro andar e foi pegá-lo na sala.

Os ponteiros do relógio, que prosseguiam em sua missão implacável, marcavam 23 horas e 57 minutos. Arthur abriu o tapete, e as cinco pontas se espalharam pela luneta. Vista do alto, aquela gigantesca estrela-do-mar multicolorida devia parecer muito bonita sobre a grama.

– E agora os bonecos.

Com muito cuidado, tirou os cinco bonecos de porcelana da mala e começou a descer a escada bem devagar, degrau por degrau.

"Não posso quebrar nenhum; eles são a peça fundamental do ritual", pensou.

Do lado de fora, Alfredo já se habituara ao fantasma cujos olhos amarelos começavam a enfraquecer por falta de combustível.

Sombras se delinearam no chão de repente.

As orelhas de Alfredo se espicharam, e ele começou a gemer.

As sombras deslizaram para dentro da luz amarela dos faróis. Eram silhuetas imensas, mais assustadoras do que fantasmas.

O cachorro deu um ganido, saiu em disparada e se enfiou na casa pela portinhola.

Atravessou a sala como um raio e acabou deslizando por entre as pernas de Arthur, que carregava as estatuetas nos braços.

— Não! — berrou Arthur, que não pôde evitar o tombo e caiu para trás.

As estatuetas rodopiaram no ar e depois se espatifaram em mil pedaços no chão.

Arthur ficou desesperado. A visão dos bonecos despedaçados no chão era insuportável.

O relógio marcava 23 horas e 59 minutos.

— Fracassar logo agora, quando eu estava quase conseguindo?! Não é justo! — queixou-se o garoto, incapaz de se levantar sob o peso da decepção.

Perdera toda a coragem, até mesmo a vontade de ralhar com Alfredo, que se escondera debaixo da escada.

Apoiou-se nos cotovelos e viu uma sombra avançando pelo chão. Levantou um pouco a cabeça e descobriu cinco sombras imensas, incomensuráveis, que precisaram curvar-se para passar pela porta de entrada.

Arthur estava de queixo caído, paralisado. Deu um giro na lâmpada da lanterna de bolso, que se acendeu.

O pequeno feixe de luz iluminou um guerreiro matassalai em trajes típicos.

A túnica estava cuidadosamente amarrada; jóias e amuletos espalhavam-se aqui e ali; o penteado era ornado com conchas, e ele segurava uma lança na mão.

Era maravilhoso, com seus dois metros e quinze centímetros. Seus quatro colegas eram apenas um pouquinho mais baixos do que ele.

Arthur perdera a voz. Em comparação, sentia-se menor do que o anão do jardim.

O guerreiro tirou um papelzinho do bolso, abriu-o com cuidado, leu e, depois, perguntou monossilabicamente:

– ... Arthur?

O menino, que não conseguia acreditar no que estava acontecendo, meneou a cabeça abobalhado. O chefe matassalai sorriu para ele.

– Não temos nem um minuto a perder. Venha! – ordenou, dando meia-volta e saindo na direção do jardim.

Esquecendo todos os seus medos, Arthur foi atrás dele como se estivesse hipnotizado.

Com muito receio de ficar sozinho debaixo da escada, Alfredo acompanhou o dono.

No jardim, cada africano se posicionara em cima de cada uma das cinco pontas do tapete.

Era evidente que haviam assumido o lugar das estatuetas.

Arthur entendeu que devia posicionar-se no centro, perto da luneta.

– Vocês... vocês não vêm? – perguntou inseguro, mas educadamente.

– Apenas um pode passar, e você parece ser a melhor opção para combater M., o Maldito – respondeu o chefe matassalai.

– Maltazard? – perguntou o menino, lembrando-se do desenho do livro que conhecia tão bem.

Os cinco guerreiros colocaram imediatamente um dedo sobre a boca, em sinal de silêncio.

– Quando você chegar ao outro lado, não pronuncie jamais, jamais, jamais esse nome. Dá azar.

– Está bem, apenas M., o Maldito – repetiu Arthur, cada vez mais inquieto.

– Seu avô partiu para combatê-lo, e cabe a você a honra de terminar a luta dele – informou o guerreiro em tom de voz solene.

Arthur engoliu em seco. A missão parecia impossível.

– Eu me sinto muito honrado, mas... talvez fosse melhor se um de vocês fosse no meu lugar. Vocês são muito mais fortes do que eu! – reconheceu o menino com humildade.

– Sua força está em seu interior, Arthur. Seu coração é a arma mais resistente de todas – respondeu o guerreiro.

– É mesmo? – respondeu Arthur, pouco convencido. – Pode ser, mas... eu ainda sou pequeno!

O chefe dos matassalais sorriu.

– Daqui a pouco você ficará cem vezes menor, e nem por isso sua força será menos visível.

O relógio entoou a primeira badalada da meia-noite.

– Está na hora, Arthur – avisou o guerreiro, conduzindo-o para o centro do tapete e entregando-lhe as instruções.

Enquanto o relógio continuava a badalar, o menino leu o papel com mãos trêmulas.

Em cima da luneta havia três anéis. Arthur pegou o primeiro.

– O primeiro círculo, o do corpo: três voltas para a direita – leu, tentando conter a preocupação.

Muito apreensivo, executou a manobra.

Nada aconteceu. Exceto pelo relógio, que badalou pela quarta vez.

Arthur pegou o segundo anel.

– O segundo círculo, o da mente: três voltas para a esquerda.

Arthur girou o anel, que era mais duro que o primeiro.

O relógio tocou a nona badalada.

O chefe africano olhou para a lua e pareceu inquietar-se com aquela nuvenzinha que se aproximava perigosamente.

– Depressa, Arthur! – pediu o guerreiro.

O menino pegou o terceiro anel, o último.

– O terceiro círculo, o da alma: uma volta completa.

Arthur respirou profundamente e girou o anel enquanto o relógio anunciava a décima primeira badalada da meia-noite.

Infelizmente a nuvenzinha atingira seu alvo e começou a cobrir a lua bem devagar. A luz sumiu. Arthur terminou de fazer a volta, e o terceiro anel encaixou em seu lugar. A décima segunda badalada da meia-noite rompeu o silêncio.

Nada aconteceu. Os matassalais estavam mudos e imóveis. Até o vento parecia ter parado em expectativa.

Preocupado, Arthur olhou para os guerreiros, que mantinham os olhos fixos na lua.

Na realidade, podia-se adivinhá-la mais do que propriamente vê-la, porque ela continuava mascarada por aquela pequena nuvem cinzenta, inconsciente do desastre que provocara.

Então o vento veio em seu auxílio e empurrou a nuvem delicadamente.

Pouco a pouco, o primeiro raio de luar foi adquirindo força até que, de repente, um poderoso facho irrompeu na noite, como um feixe de luz ligando a lua à luneta.

Toda a cena não durara mais do que alguns segundos, mas o choque foi tão violento que Arthur caiu sentado. O silêncio retornou. Nada parecia ter mudado, exceto os sorrisos no rosto dos guerreiros.

– O portal-luz acaba de abrir – anunciou orgulhosamente o chefe dos guerreiros. – Você pode se apresentar.

Arthur ficou em pé meio desajeitado.

– Me... apresentar?

– Sim. E trate de ser convincente. O portal só ficará aberto durante cinco minutos! – afirmou o guerreiro.

Por mais que se esforçasse, Arthur não conseguia entender nada dessa nova missão. Aproximou-se da luneta e deu uma espiada no interior.

Claro que não conseguiu enxergar muita coisa além de uma massa marrom completamente desfocada.

Segurou a parte mais estreita da luneta e a girou para poder espiar com maior clareza.

Agora ele conseguia ver uma cavidade vagamente iluminada na terra. A imagem logo se tornou mais nítida, e Arthur enxergou um pedacinho de raiz.

De repente, o topo de uma escada apoiou-se na outra ponta da luneta.

O garoto não conseguia acreditar no que estava vendo. Afastou-se da lente e olhou ao redor. Não, não era sua imaginação. Ele realmente vira uma escada na ponta da luneta, uma escada que não devia medir mais do que um milímetro, no máximo.

Tornou a colar o olho na luneta. A minúscula escada tremia um pouquinho, como se alguém estivesse subindo por ela.

Arthur prendeu a respiração. Um homenzinho apareceu no fim da escada e apoiou as mãos na lente gigantesca.

Era um minimoy.

Arthur parecia em estado de choque. Mesmo em seus sonhos mais loucos, jamais imaginara que algo assim seria possível.

O minimoy apoiou as mãos em cima da testa para tentar enxergar alguma coisa.

Ele tinha orelhas pontudas, dois olhos tão pretos e redondos como jabuticabas e o rostinho coberto de sardas. Em resumo: era encantador e se chamava Betamecha.

capítulo 8

O minimoy também conseguira perceber alguma coisa do outro lado da lente, que, do seu ponto de vista, não passava de um olho enorme.

– Arquibaldo? – perguntou o homenzinho ansiosamente.

Arthur ficou pasmo! Aquela coisinha sabia falar!

– Hum... não – respondeu, apesar de todo o espanto.

– Apresente-se! – cutucou-o o guerreiro matassalai.

Arthur voltou à realidade, lembrando-se da missão da qual havia sido encarregado e do pouco tempo que restava.

– Eu sou... eu sou o neto dele e... meu nome é Arthur.

– Espero que você tenha uma boa razão para usar o raio assim, Arthur – avisou o minimoy. – O Conselho proíbe isso terminantemente, a não ser em caso de urgência.

– O caso é de extrema urgência – respondeu o menino com voz grossa. – O jardim vai ser destruído, arrasado, eliminado. Dentro de dois dias não haverá mais jardim, nem casa... nem minimoys.

Betamecha pareceu um pouco angustiado.

– O que é que você está dizendo, garoto? Você é um gozador como seu avô? – perguntou, tentando acalmar-se.

– Não estou brincando. O homem é um empresário. Ele quer limpar o terreno e construir edifícios aqui – explicou Arthur.

– Edifícios? – repetiu Betamecha horrorizado. – E o que são edifícios?

– São enormes casas de cimento e concreto, uma em cima da outra, que invadem todos os jardins – respondeu Arthur.

– Mas isso é terrível! – exclamou Betamecha com uma expressão de horror no rosto.

– Sim, é terrível – concordou Arthur –, e a única maneira de evitar que isso aconteça é encontrar o tesouro que meu avô escondeu aqui no jardim. Com ele vou poder pagar o empresário que quer se apossar do lugar e tudo ficará bem.

Claro que Betamecha estava plenamente de acordo.

– Muito bem! Perfeito! É uma idéia excelente! – concordou o minimoy, aliviado.

– Mas para encontrar o tesouro eu preciso passar para o seu mundo – explicou Arthur ao minimoy, que aparentemente ainda não chegara a essa conclusão.

– Claro! Mas isso infelizmente é impossível! – exclamou Betamecha. – Não se passa assim de um lado para outro. É preciso reunir o Conselho, explicar o problema, depois eles deliberam e...

Arthur interrompeu-o bruscamente.

– Daqui a dois dias não haverá mais o que deliberar porque não haverá mais Conselho: vocês estarão todos mortos!

Betamecha congelou. Ele acabara de entender a importância da situação.

Arthur olhou rapidamente para o chefe dos guerreiros para saber se não tinha ido longe demais.

O chefe ergueu o polegar, indicando que tudo estava indo bem.

– Como você se chama? – perguntou Arthur, recolocando o olho na lente.

– Betamecha – respondeu o minimoy.

Arthur adotou sua voz mais solene.

– Betamecha, o futuro do seu povo está em suas mãos.

Aflito com tamanha responsabilidade, o minimoy começou a rodopiar como um pião.

– Sim, claro. Nas minhas mãos. É preciso agir – repetiu baixinho, como se estivesse falando sozinho.

E gesticulou tanto que acabou caindo da escada.

– Precisamos avisar o Conselho! Mas o Conselho já está reunido para a cerimônia real! E eu serei linchado se perturbar a cerimônia real!

Como costumava fazer sempre que procurava uma solução para algum problema, Betamecha falava sozinho em voz alta.

– Ande depressa, Betamecha. O tempo está passando – lembrou Arthur.

– Sim, claro. O tempo está passando – repetiu o minimoy, cada vez mais aflito.

De tanto rodopiar, ele acabou tendo uma vertigem. Ficou quieto um segundo e depois saiu em disparada por um tubo, uma espécie de túnel de toupeira, apenas um tiquinho maior do que ele.

– O rei irá se orgulhar de mim. Mas vou estragar a cerimônia! O rei vai me odiar!

Betamecha intercalava as frases sem parar enquanto corria como um raio pelo túnel.

O chefe dos bogos-matassalais aproximou-se de Arthur e sorriu.

– Você se saiu muito bem, meu rapaz.

– Espero que tenha conseguido convencê-los – respondeu o menino, um pouco ansioso.

Betamecha continuava correndo pelo túnel. Pouco depois, desembocou em uma sala imensa, uma verdadeira gruta no fundo da terra.

Ali era sua aldeia. Havia mais de cem casas, construídas com madeira, folhas, raízes entrelaçadas, cogumelos escavados e flores secas.

Muitas vezes as raízes trançadas serviam de passarelas que interligavam as casas.

Betamecha entrou por uma grande avenida, que, àquela hora, estava totalmente deserta.

Então era possível observar melhor a arquitetura daquele lugar. Ela era um pouco barroca, definitivamente ecológica, coberta com um tecido vegetal incrível, uma colcha de retalhos de tamanho natural, que utilizava tudo o que existia na natureza. Algumas paredes eram feitas de terra seca; outras, de galhos de dente-de-leão comprimidos uns contra os outros, como se fossem paliçadas.

Em geral, os tetos eram construídos de folhas secas, mas outros haviam preferido usar lascas de madeira como se fossem telhas. Algumas casas eram separadas por pequenas muretas feitas com pinhas.

Betamecha subiu a toda a velocidade pela avenida iluminada por flores, com esferas reluzentes plantadas em intervalos regulares e que serviam como candeeiros.

A avenida terminava na Praça do Conselho, um anfiteatro imenso escavado na terra à romana, a qual formava um semicírculo em frente ao Palácio Real. Toda a população minimoy estava presente, e Betamecha precisou abrir caminho na multidão para chegar ao Conselho.

Ele deu algumas cotoveladas, pediu desculpas a torto e a direito até que, finalmente, conseguiu chegar à beira da arena.

– Ai, ai, ai! A cerimônia está na parte principal! Eles vão me matar! – falou em voz baixa para não perturbar o silêncio geral.

No centro vazio da praça, via-se a Pedra dos Sábios com a espada mágica encravada nela.

A arma era esplêndida: o aço havia sido finamente cinzelado e gravado com mil insígnias. Porém apenas a metade da espada era visível. A outra metade parecia soldada na pedra.

Na frente da Pedra dos Sábios, um minimoy estava com um joelho flexionado no chão e a outra perna dobrada, a cabeça humildemente curvada na direção da pedra sagrada. Não era possível ver seu rosto, pois o minimoy estava absorto em uma oração, mas alguns detalhes de seu traje de gala permitiam concluir que se tratava de um guerreiro.

Tiras de couro envolviam seus pés até as panturrilhas, e ele carregava vários punhais de dentes de rato na cintura, além de pequenas bolsas cheias de grãos de milho.

Não havia dúvida: tratava-se realmente de um guerreiro.

– Ai, ai, ai! Cheguei bem no auge da cerimônia – repetiu Betamecha.

O portão do palácio abriu-se solenemente. Era um imenso portão que ocupava uma boa parte da fachada do palácio, e tão pesado e maciço que foram necessários quatro minimoys para abri-lo completamente.

Dois carregadores de luzes apareceram em trajes oficiais multicoloridos e trançados com fios de ouro. Eles lembravam as fantasias do carnaval de Veneza. Na cabeça, usavam um chapéu em forma de uma grande bola transparente com um vagalume dentro.

À medida que passavam, iluminavam o caminho como se fossem carregadores de tochas. Finalmente cada um deles se posicionou em um lado do estrado que avançava um pouco praça adentro, abrindo assim o caminho para o rei.

Sua Majestade apareceu com passos lentos e pesados. Comparado aos outros minimoys, o rei era altíssimo, assim como um adulto em relação às crianças.

Os braços enormes batiam nas panturrilhas; ele vestia uma pele grossa e branca que lembrava a dos ursos polares, e sua barba comprida e alva misturava-se à cor da pele.

O rosto não tinha idade, mas ele deveria ter pelo menos uns cem anos. A cabeça parecia minúscula em relação ao corpo, e mais engraçada também, porque estava enfiada dentro de um enorme chapéu coberto de guizos.

O rei aproximou-se da beira do estrado, seguido por vários dignitários, provavelmente membros do Conselho, que se posicionaram obedientemente nas laterais. Apenas um permaneceu ao lado do rei. Era Miro, a toupeira. Sua roupa barroca lembrava a época da Verona dos Montecchio.

Miro usava minúsculos óculos na ponta do focinho e tinha um ar eternamente preocupado.

O rei ergueu os enormes braços, e a multidão o aclamou. Havia algo de romano no ar.

– Meu querido povo, notáveis e dignitários – começou a falar com uma voz envelhecida, mas que, nem por isso, deixava de ser poderosa. – As sucessivas guerras dos nossos ancestrais só trouxeram sofrimento e destruição.

Fez uma pausa, como para gravar na memória a imagem de todos os que haviam desaparecido durante aquele triste período.

– Até que um dia, usando toda a sua sabedoria, eles decidiram fundir na rocha a espada do poder e nunca mais guerrear.

Com um gesto amplo, apontou para a espada soldada na pedra e para o guerreiro que continuava ajoelhado na frente dela.

– A espada nunca mais deverá ser usada com esse fim, mas sim servir para nos ajudar a resolver nossos problemas... de paz.

A multidão parecia compartilhar os sentimentos de seu rei. Menos, talvez, Betamecha, que estava por demais agitado com a sua missão.

O rei retomou o discurso.

– Os anciãos gravaram ao pé da Pedra a lei que deverá nos guiar: no dia em que nossas terras forem ameaçadas pelo invasor, um coração puro, animado pelo desejo de justiça e que desconheça o ódio e a vingança, arrancará a espada dos mil poderes da Pedra dos Sábios e travará um combate justo.

Soltou um longo suspiro carregado de tristeza e acrescentou:
– Infelizmente... este dia chegou.

Um burburinho invadiu a praça, e cada pessoa compartilhou sua preocupação com o vizinho.

– Nossos espiões nos informaram que M., o Maldito, está prestes a enviar um gigantesco exército às nossas terras.

Um sopro de terror espalhou-se pela multidão. A primeira letra do nome fora suficiente para que todos ficassem amedrontados. Não é difícil imaginar o pânico que causaria se alguém pronunciasse aquele terrível nome por inteiro.

– Debatamos! – ordenou o rei, dando o sinal para um caos prazenteiro em que todos podiam se expressar sem realmente ter de dialogar.

A praça parecia mais um mercado de peixe do que uma Assembléia Nacional.

– Será que ainda vai demorar muito? – perguntou Betamecha preocupado.

Um dos guardas reais debruçou-se na sua direção.

– Hum! Isso está apenas começando – respondeu o militar revirando os olhos. – Ainda falta bastante: o resumo real, o discurso dos sábios, o compromisso do guerreiro, a ratificação do rei e, finalmente, o banquete – concluiu alegremente com um sorriso guloso.

Betamecha achou que estava perdido. Suas mãos voltearam em todos os sentidos, como se procurassem no ar um pouco de coragem.

– Meu povo! Não temos nem um minuto sequer a perder – esbravejou o rei para impor o silêncio.

– Ele tem razão! – concordou Betamecha. – Não podemos perder nem um minuto!

O rei deu alguns passos na direção do guerreiro, que continuava solenemente curvado diante da sua futura espada.

– O momento é grave, e eu proponho que encurtemos o protocolo e nomeemos imediatamente a pessoa que parece ter todas as qualidades necessárias para essa perigosa missão.

Ele deu mais alguns passos para a frente. Uma benevolência inesperada fez corar seu rosto e suavizou sua voz.

– Essa pessoa que, dentro de alguns dias, ocupará oficialmente meu lugar à frente deste reino...

Um sorriso infantil rejuvenesceu o rosto do rei.

– Claro que estou falando da minha filha... a princesa Selenia.

E estendeu os braços afetuosamente na direção do guerreiro ajoelhado.

Como mandava o protocolo, a jovem levantou-se bem devagar, deixando à mostra seu rostinho angelical.

Era ainda mais bonita do que no desenho. A cabeleira ruiva tinha reflexos rosa-arroxeados da flor da malva, que combinavam perfeitamente com os dois olhos amendoados da cor turquesa dos mares das Ilhas Maldivas.

Ela se orgulhava de seu corpinho de criança e gostava de passar por rebelde e guerreira, mas sua graça a traía. Selenia era uma princesa de verdade, tão branca como Branca de Neve, tão bela como Cinderela, tão graciosa como Bela Adormecida e tão astuta como Robin Hood.

O rei mal conseguia esconder seu orgulho. A idéia daquele pedacinho de mulher ser sua filha fez corar as bochechas do soberano.

A multidão aplaudiu em sinal de aprovação. Naquele caso, nem se tratava de saber se a escolha do público era fruto de uma reflexão longa e profunda. Ali se tratava do encanto de Selenia, que se propagava como uma corrente de ar.

Apenas Betamecha parecia imune a tudo aquilo.

– Coragem, Betamecha! – tentou animar-se o minimoy.

O rei deu um último passo na direção da filha.

– Princesa Selenia, que o espírito dos Anciãos a guie – afirmou solenemente.

Selenia aproximou-se, esticou os braços calmamente para a espada e ia pegá-la pelo punho quando Betamecha interveio.

– Papai! – gritou o pequeno minimoy, abrindo caminho na multidão.

Selenia interrompeu seu movimento e bateu o pé no chão.

— Betamecha! — resmungou entre os dentes.

Só o irmão caçula seria capaz de interromper um momento como aquele.

O rei procurou com o olhar seu pequeno e último filho.

— Estou aqui, papai — disse a criança, colocando-se ao lado da irmã, que estava furiosa.

— Você fez de propósito, não foi? Você não podia esperar nem dez segundos para bancar o palhaço?

— Eu tenho uma missão muito importante — revidou Betamecha, sério como um Papa.

— É mesmo? E por acaso a minha missão não é importante? Eu preciso tirar a espada mágica para combater M., o Maldito!

Betamecha deu de ombros.

— Você sabe muito bem que é orgulhosa demais para conseguir tirar a espada da rocha.

— Diga-me uma coisa, senhor sabe-tudo. Você não estaria dizendo isso só porque está com um pouco de ciúme? — revidou a irmã, aborrecida

— Nem um pouco — afirmou Betamecha empinando o nariz.

— Chega! Parem já de brigar, vocês dois! — ordenou o rei aproximando-se deles. — Betamecha! Esta é uma cerimônia importante. Eu espero que você tenha uma boa razão para interrompê-la dessa forma.

— Tenho sim, papai. O raio das terras superiores se abriu hoje — informou Betamecha.

Um zunzunzum percorreu a multidão, que começou imediatamente a se agitar.

– Quem ousou? – gritou o rei com sua voz de tenor.

Betamecha aproximou-se do pai gigantesco.

– O nome dele é Arthur – respondeu com uma vozinha tímida. – É o neto de Arquibaldo.

O público ficou emocionado. O nome de Arquibaldo foi reavivado em todas as memórias. Até o rei ficou um pouco perturbado.

– E... o que deseja esse... Arthur?

– Ele quer falar com o Conselho. Ele disse que uma grande desgraça se abaterá sobre nós e que só ele pode nos salvar.

A tribuna pegou fogo. Todos estavam à beira de um ataque de pânico. De uma insurreição.

Com o braço, Selenia empurrou o irmão para o lado e ocupou seu lugar diante do rei.

– Nossa maior desgraça chama-se M., o Maldito. Não temos nada com esse tal de Arthur! Cabe a mim, Selenia, princesa de sangue, a tarefa de proteger nosso povo.

Sem esperar mais, virou-se e dirigiu-se diretamente para a espada. Pegou-a pelo punho e tentou arrancar o objeto com um gesto gracioso.

Mas a graça não devia ser muito útil naquela situação, porque a espada não se moveu nem um milímetro sequer. Então ela tentou usar a força, puxando-a com as duas mãos.

Nada. A espada permanecia soldada à pedra.

Tentou com as duas mãos e os dois pés ao mesmo tempo, fez contorções, caretas, berrou...

Nada. A confusão instalou-se no meio da multidão. No olhar do rei também, que parecia profundamente decepcionado e um pouco preocupado.

Exausta, Selenia parou um instante para recuperar o fôlego.

– Você viu? Muito orgulhosa. Eu avisei – comentou Betamecha ao passar por ela.

– Ah, seu... – respondeu Selenia, indo para cima dele com as mãos em garra, pronta para estrangulá-lo.

– Selenia! – berrou o rei.

A princesa parou onde estava.

– Minha filha, eu sinto muito – disse o pai afetuosamente. – Nós sabemos o quanto você ama o seu povo, mas... seu coração está cheio de ódio e vingança.

– Pai, não é verdade – defendeu-se a filha com lágrimas nos olhos. – É só que... Betamecha me irritou. Eu tenho certeza de que, assim que eu me acalmar um pouco, serei capaz de tirar a espada e tudo ficará bem.

O rei olhou-a por um momento. Ele tinha lá as suas dúvidas. Como explicar à filha, sem a magoar, que a raiva a cegava?

– Diga-me, o que você faria se M., o Maldito, estivesse aqui na sua frente? – perguntou.

Selenia tentou conter a raiva que queria a todo custo se manifestar.

– Eu... eu daria a ele o que merece – afirmou.

– Ou seja? – insistiu o rei, brincando com seu nervosismo.

– Eu... Eu... Eu estrangularia aquele verme! Por todos os crimes que cometeu e a desgraça que fez abater sobre nós, e também para...

De repente, Selenia percebeu a armadilha na qual acabara de cair.

– Eu lamento muito, minha filha, mas você não está preparada. Os poderes da espada só se manifestarão em mãos desejosas de justiça, não de vingança – explicou o pai.

– Então, o que faremos? Vamos deixar aquele tatuzinho deformado nos invadir, saquear, cortar a nossa garganta e a dos nossos filhos sem dizer nada? Sem fazer nada? Sem tentar nada? – falou a princesa para a multidão.

A assembléia agitou-se. Todos concordaram que havia uma ponta de verdade no discurso da princesinha.

– Quem nos salvará? – gritou Selenia para concluir.

– Arthur! – respondeu Betamecha com fervor. – Ele é a nossa única esperança.

Selenia levantou os olhos para o céu. O rei pensou. A multidão se questionou.

Depois de muito debater, o Conselho deu um sinal favorável para o soberano, que concordou com a decisão.

– Considerando as circunstâncias... e em memória de Arquibaldo, o Conselho concordou em ouvir o rapaz.

Betamecha deu um grito de alegria enquanto a irmã, como sempre, fez uma cara amuada.

A multidão estava em ebulição, como acontecia sempre que o espetáculo apresentava desdobramentos.

– Miro, prepare a ligação – ordenou o rei.

A pequena toupeira executou a ordem imediatamente. Ela pulou para dentro de seu pequeno centro de controle, uma espécie de balcão prateado em arco cheio de alavancas e botões de todos os tipos.

Primeiro Miro fez um cálculo rápido no ábaco, depois puxou a alavanca de número 21. Um espelho enorme montado em cima de uma moldura feita de raízes se deslocou da parede, como um retrovisor que se afasta na lateral de um carro. Logo depois apareceu um segundo espelho, que refletiu a imagem do primeiro. Um terceiro espelho soltou-se do teto, que, por sua vez, capturou esse reflexo.

Miro continuou engatando as alavancas uma depois da outra, e outros espelhos foram surgindo de todos os lados, transportando a mesma imagem por toda a aldeia pelo longo túnel que terminava no aposento onde estava a lente da luneta, que continuava plantada na terra.

No total, cerca de 50 espelhos se alinharam para receber a imagem da lente.

Com as duas mãos, Miro acionou outra alavanca. Uma espécie de planta desceu do teto da gruta, abriu-se como uma flor sob o efeito do orvalho e liberou quatro bolas luminosas: uma amarela, uma vermelha, uma azul e outra verde. As quatro cores alinharam-se lentamente até formarem uma luz branca perfeita, como se fosse um grande projetor pronto para reproduzir fielmente a imagem transportada pelos espelhos. Agora só faltava a tela. Miro apertou um botão, o único que estava revestido de veludo. Uma tela imensa desenrolou-se de uma só vez do teto e cobriu o céu da aldeia.

Examinada mais de perto, a tela era feita de folhas secas costuradas, resultando em uma magnífica colcha de retalhos. Miro apertou outro botão. Um último espelho permitiu o reflexo chegar ao projetor, que reenviou a imagem para a tela gigante. Um olho gigantesco invadiu a tela. O olho de Arthur.

O menino, que continuava ajoelhado no jardim, não conseguia acreditar no que estava acontecendo. Ele estava no meio do Conselho dos minimoys, na frente do rei. Este, aliás, estava bastante impressionado com o tamanho daquele olho, que permitia imaginar a altura do ser humano que o possuía.

Selenia, por sua vez, dera as costas para a tela em sinal de protesto.

O rei recuperou um pouco da sua dignidade, pigarreou e disse:

– Então, jovem Arthur, o Conselho o escuta. Seja breve.

Arthur respirou profundamente.

– Um homem quer destruir o jardim que abriga vocês. Vocês têm um minuto para me fazer passar ao seu mundo para que eu possa ajudá-los. Depois desse prazo, eu não poderei fazer mais nada, e todos vocês serão destruídos.

A frase percorreu o público como uma corrente de vento frio.

A notícia parecia ter deixado o rei paralisado.

– ... Isso é o que se pode chamar de breve... e exato.

O rei voltou-se para o Conselho, mas ele estava mais perdido que cachorro em dia de mudança.

Sua Majestade estava sozinha diante de suas responsabilidades.

– Seu avô era um sábio e um grande homem. Em sua memória, confiaremos em você – estrondeou o rei, erguendo os braços imponentes para o alto.

Betamecha deu um grito de alegria e saiu em disparada, esbarrando de passagem na irmã, que continuava em seu canto fazendo manha.

Ele acionou um botão dourado, e uma imensa cortina de veludo vermelho cobriu a tela gigantesca.

capítulo 9

Arthur virou-se para o chefe da tribo dos bogos-matassalais.
— Parece que deu certo — informou timidamente.
Os guerreiros não tinham a menor dúvida. O que não era o caso de Alfredo, que decididamente não estava entendendo nada desse novo jogo que incluía cinco fantasmas de dois metros e quinze centímetros de altura, um anão de jardim, um tapete de orações e uma luneta.

Naquele instante, Betamecha desembocou na Sala das Passagens em um escorregão interminável.

Atirou-se em cima de um casulo de seda pendurado do teto.
— Passador! Passador! Acorda! É urgente! — gritou socando o casulo.

Ninguém respondeu. Betamecha abriu uma lâmina esquisita de seu canivete de funções múltiplas. Claro que era um cortador de casulos. Ele cortou a seda em toda a largura.

O passador, que dormia tranqüilamente pendurado de cabeça para baixo em seu casulo, escorregou pelas paredes sedosas e se estatelou no chão.

– Pelo amor de uma bola de malvavisco! – resmungou o velho minimoy esfregando a cabeça.

Desembaraçou a longa barba branca que estava emaranhada entre as pernas e ajeitou os pelinhos das orelhas.

– Quem ousa? – perguntou olhando em volta.

Quando o velho diabrete viu o jovem príncipe, seu rosto se alegrou.

– Betamecha! Seu danadinho! Você não tinha coisa melhor para brincar?

– Foi meu pai quem me mandou. Trata-se uma passagem – explicou o pequeno com impaciência.

– Outra? – queixou-se o passador. – Mas o que está acontecendo que todos querem passar hoje?

– A última passagem foi há mais de três anos! – observou Betamecha com muito bom senso.

– Foi exatamente o que eu disse. Eu estava começando a adormecer – respondeu o passador se espreguiçando.

– Depressa! O rei está impaciente! – insistiu o príncipe.

– O rei, o rei! Por falar nisso, onde está o selo real?

Betamecha tirou-o do bolso e entregou ao passador.

– Está certo. É realmente o selo – concluiu depois de examiná-lo rapidamente.

Ele colocou o objeto real dentro de uma caixa presa na parede.

– Agora, a lua. Será que está bem cheia?

O velho passador abriu um pequeno alçapão no muro, igual a uma tampa de lixeira de parede. Nele havia um espelho que devolveu a imagem da lua, imponente, luminosa e, principalmente, cheia.

– Como é bonita – suspirou o passador, comovido.

– Depressa, passador. O raio está enfraquecendo!

– Está bem! Está bem! – resmungou o diabrete.

Aproximou-se de três anéis, iguais aos que estavam na outra ponta da luneta e que Arthur alinhara cuidadosamente. Só que, daquele lado, eles pareciam enormes para os minimoys. O passador pegou o primeiro anel.

– Três voltas para a direita, para o corpo – disse o velho diabrete, e assim o fez.

Depois pegou o segundo anel

– Três voltas para a esquerda, para a mente.

E girou o segundo anel lentamente até concluir a terceira volta.

Por fim, pegou o terceiro anel.

– E, agora, uma volta completa... para a alma.

Ele segurou o terceiro anel e o fez girar como um animador de feira gira a roda da fortuna.

De repente, o raio que vinha da lua mudou de forma e começou a ondular como uma linha horizontal sob o efeito do calor.

– Agarre-se – avisou o chefe dos guerreiros africanos para Arthur.

– Me agarrar? Em quê? – respondeu espantado o menino. Ele mal terminara de falar e começou a encolher a toda a velocidade, em menos tempo do que se leva para dizer quanto tempo levou.

Arthur agarrou-se instintivamente à luneta e grudou as costas contra o vidro, sem parar de encolher.

– O que está acontecendo comigo? – perguntou muito assustado para o chefe dos matassalais.

– Você vai se reunir com nossos irmãos, os minimoys – respondeu calmamente o africano. – Mas lembre que você só tem 36 horas para cumprir a sua missão. Se não estiver de volta depois de amanhã, ao meio-dia em ponto, o portal se fechará por mil dias – explicou o guerreiro com firmeza.

Arthur concordou com a cabecinha, que continuava encolhendo. Atrás dele, a lente estava da altura de um edifício. De repente o vidro pareceu amolecer, e Arthur afundou dentro dele. Passou pelo aro de metal, caiu dentro da luneta e começou a rolar, a embolar, a bater em todos os lados, como uma marionete que despenca de uma escada.

Terminou caindo com um forte baque contra o último vidro, o qual dava para a Sala das Passagens.

Enquanto Arthur esfregava a cabeça, Betamecha despontava no alto da escada.

Tanto um como o outro pareceram muito surpresos.

Betamecha, que por fim sorriu, fez um gesto com a mão em sinal de boas-vindas.

Um pouco chateado, Arthur retribuiu o gesto.

O minimoy começou a falar e a gesticular sem parar, mas o vidro grosso impedia qualquer conversa.

Betamecha reforçou os gestos. Era evidente que ele queria que Arthur entendesse o que ele estava dizendo.

– Eu não estou ouvindo nada! – gritou Arthur com as mãos em concha.

Betamecha aproximou-se do vidro, soprou até cobri-lo de vapor e depois desenhou uma chave.

– Uma chave? – perguntou Arthur, imitando o gesto de enfiar uma chave em uma fechadura.

O minimoy sacudiu a cabeça afirmativamente. Arthur lembrou-se de repente.

– Ah! A chave! Aquela que eu devo levar sempre comigo!

Vasculhou os bolsos e tirou a misteriosa chave amarrada na sua etiqueta.

Betamecha parabenizou-o e apontou para uma fechadura que estava na parede esquerda.

Seguindo as instruções, Arthur atravessou a luneta até chegar à parede esquerda, que era tão grossa como o casco de um cargueiro.

Arthur, porém, hesitou antes de enfiar a chave na fechadura, mas Betamecha encorajou-o com gestos.

O menino assim o fez e, a seguir, girou a chave.

Um mecanismo invisível entrou imediatamente em ação, e o teto começou a descer em uma velocidade impressionante.

Arthur levantou a cabeça e viu aquela massa implacável que vinha sobre ele.

Caíra em uma armadilha: o teto iria esmagá-lo!

Entrou em pânico e começou a dar socos no vidro, gritando por socorro para Betamecha.

O minimoy, que era todo sorriso, levantou os dois polegares em sinal de parabéns.

Arthur estava horrorizado com tamanha crueldade. Ele estava perdido. Recomeçou a socar o vidro com toda a força, mas o vidro nem se mexia.

– Betamecha, eu não quero morrer! Não já! Não assim! – gritou o pobre menino, quase sem fôlego.

O teto, que se aproximava cada vez mais, acabaria por esmagá-lo dentro de poucos segundos.

Arthur olhou Betamecha nos olhos.

A última imagem que levaria consigo seria o rosto alegre daquele duende endiabrado.

O teto de vidro tocou a cabeça de Arthur e o forçou a se deitar rapidamente no chão para poder esmagá-lo melhor ao longo de todo o seu comprimento.

No entanto a pressão do vidro não o esmagou, apenas o pressionou contra ele, pois o vidro amolecera. Arthur afundou dentro dele como uma colher afunda em um pote de geléia. Era impossível escapar ou mover-se naquela massa gelatinosa tão densa. Agora era só esperar alguns segundos que ele seria cuspido do outro lado.

Arthur soltou-se daquela massa grudenta e caiu no chão enrolado em um emaranhado de centenas de fios gelatinosos, como se tivesse saído de uma banheira cheia de chicletes.

Deitado aos pés de Betamecha, o menino era uma confusão só.

– Seja bem-vindo à Terra dos Minimoys – cumprimentou-o de braços bem abertos o pequeno príncipe, todo contente.

Arthur levantou como pôde e tentou livrar-se dos fios que o prendiam.

Ele ainda não se dera conta de que não era mais um menino, que se transformara em um autêntico minimoy.

– Que susto você me deu, Betamecha! Eu não conseguia ouvir uma palavra do que você estava dizendo, achei que ia morrer e que...

Arthur parou no meio da frase.

Ao puxar um fio gosmento do seu braço, ele acabara de perceber que o membro não tinha nada que ver com o que ele estava acostumado.

Arthur ainda não ousava admitir o inimaginável. Soltou-se do resto dos fios pegajosos e, pouco a pouco, seu corpinho de minimoy tornou-se visível.

Betamecha segurou-o pelos ombros e o fez voltar-se para que se visse no reflexo da lente.

Arthur ficou estupefato. Primeiro tocou o corpo, e depois o rosto, como se quisesse ter certeza de que não estava sonhando.

– É incrível – disse, espantado.

O passador, que estava recosturando seu casulo, sorriu.

– Muito bem, agora que vocês não precisam mais de mim, vou voltar para a minha cama.

Pegou o banco de Betamecha para subir no casulo e acabou de costurá-lo por dentro.

Arthur continuava hipnotizado por seu reflexo.
– É realmente incrível!
– Está bem! Você pode se admirar mais tarde! – reclamou Betamecha puxando-o pelo braço. – O Conselho está à sua espera.

O chefe da tribo dos bogos-matassalais tirou a luneta do buraco delicadamente, enquanto seus irmãos dobravam com cuidado o tapete de cinco pontas.
O guerreiro olhou uma última vez para dentro.
– Boa sorte, Arthur – desejou emocionado.
Recolocou o anão em seu lugar, e a pequena tribo desapareceu na noite da mesma forma como chegara.

O motor da velha Chevrolet parou de tossir. A luz dos faróis diminuiu rapidamente e se apagou.
A noite voltou ao normal, e o silêncio reinava absoluto.
Exceto por um ligeiro zumbido quase inaudível que vinha do primeiro andar.
Provavelmente era vovó, que roncava como uma locomotiva despreocupada.

capítulo 10

Sentado no trono, o rei golpeou o chão com o cetro.

– Faça entrar o menino a que chamam Arthur! – ordenou com sua voz potente.

Os dois guardas apresentaram as armas e abriram passagem para Arthur, que foi obrigado a atravessar a praça sob o olhar de todos.

A multidão acolheu-o com muitos 'Ohs!' e 'Ahs!'. Alguns riram, outros arrulharam, outros ainda matutaram. Arthur tentava disfarçar sua timidez natural e incômoda da melhor maneira possível.

Selenia, que continuava de braços cruzados, observou a aproximação desse salvador da pátria que caíra do céu. Ele parecia mais um filhote de passarinho que tombou do ninho.

Betamecha deu uma forte cotovelada na irmã.

– Bonitinho, não é mesmo? – sussurrou para a princesa, encolhendo os ombros.

– Normal! – respondeu a irmã dando as costas para o irmão.

Arthur, que naquele momento passava bem ao lado dela, cumprimentou-a.

— Princesa Selenia, é uma honra conhecê-la — disse o garoto apesar da timidez.

Ele mal conseguia olhar para ela tal era o medo que seu coração explodisse.

Saudou-a com uma pequena reverência e retomou seu caminho na direção do rei.

Selenia seria incapaz de confessá-lo, mas aquele garotinho educado e discreto acabara de marcar alguns pontos a seu favor.

O rei também parecia encantado com ele, mas demonstrar seus sentimentos tão cedo estava fora de questão.

O único que não ficou preso ao protocolo foi Miro, a toupeira. Ele se aproximou do menino e apertou suas mãos demoradamente.

— Eu era muito amigo de Arquibaldo e fico felicíssimo de conhecer seu neto — disse com a voz embargada pela emoção.

Arthur ficou um pouco sem jeito por ser apertado como uma bisnaga contra o peito de uma toupeira que ele mal conhecia.

— Miro! Deixe-o em paz! — ordenou o rei, sempre muito preocupado com o protocolo.

A pequena toupeira controlou-se, pediu desculpas com um gesto e retomou seu lugar.

Quando chegou diante do rei, Arthur inclinou-se muito respeitosamente.

— Então, meu filho, fale! — ordenou o soberano, morrendo de curiosidade.

Arthur encheu-se de coragem e começou a falar.

— Dentro de dois dias virão alguns homens e destruirão a casa e o jardim. Isso significa que meu mundo e o de Vossa Majestade serão cobertos com concreto e destruídos para sempre.

Um silêncio mortal percorreu o público, como um arrepio desagradável.

— A desgraça é ainda pior do que temíamos — murmurou o rei.

Selenia não agüentava mais. Voltando-se, cutucou Arthur com a ponta do dedo.

— E você com seus dois milímetros e meio veio nos salvar, é isso? — resumiu com desprezo.

Arthur, que só tinha amor para dar, ficou surpreso com a animosidade dela.

— A única forma de impedirmos que esses homens nos destruam é pagando. Foi por isso que meu avô esteve aqui há mais de três anos. Ele procurava um tesouro escondido no jardim que iria saldar nossas dívidas. Eu vim encontrar esse tesouro e terminar a missão dele — explicou humildemente.

Era bem verdade que, naquele exato momento, a missão lhe parecia muito mais difícil do que quando estava enfiado em sua cama fofinha sonhando na frente dos desenhos.

— Seu avô era um homem extraordinário — afirmou o rei, mergulhando nas lembranças. — Ele nos ensinou tantas coisas! Mas o principal foi que ele ensinou Miro a dominar a imagem e a luz.

Miro concordou com um suspiro carregado de saudade. O rei continuou.

– Um dia ele partiu atrás do famoso tesouro. Depois de percorrer as Sete Terras que compõem nosso mundo, ele finalmente o encontrou... no centro das Terras Proibidas, no meio do Reino das Tênebras, no coração da cidade de Necrópolis.

A sala inteira arrepiou-se ao imaginar a descida aos Infernos. O rei acrescentou:

– Sim, Necrópolis, a cidade controlada pelo poderoso exército dos seídas, e ela mesma prisioneira do poder do seu chefe, aquele que reina como mestre absoluto: o notório M., o Maldito!

Alguns espectadores desmaiaram. Todos os minimoys tinham a sensibilidade à flor da pele.

– Infelizmente... ninguém jamais voltou do Reino das Tênebras – concluiu o rei, que, pelo jeito, tentava desanimar Arthur.

– E aí? Continua com vontade de embarcar nessa aventura? – perguntou Selenia, provocadora como sempre.

Para Betamecha foi a gota d'água, e ele se interpôs entre Arthur e a irmã.

– Deixe-o em paz! Ele acabou de saber que perdeu o avô. Isso já é bastante difícil, você não acha?

Aquela frase ecoou na cabecinha de Arthur. Foi naquele momento que ele percebeu claramente o que havia acontecido a seu avô. Os olhos do menino encheram-se de lágrimas. Betamecha sentiu que acabara de cometer uma gafe.

— Bem.. quero dizer... não tivemos mais notícias dele e... como ninguém nunca voltou... então...

Arthur conteve as lágrimas e inflou seus pequenos pulmões de coragem.

— Meu avô não morreu! Eu tenho certeza! — afirmou com toda a segurança.

Sem saber o que fazer para acalmar a angústia do menino, o rei aproximou-se dele.

— Meu caro Arthur, infelizmente eu acho que Betamecha tem razão. Se seu avô caiu nas mãos de M., o Maldito, ou esbarrou com um dos horríveis seídas do exército dele, há pouquíssima chance de voltarmos a vê-lo um dia.

— Claro! M. pode ser terrível, mas ele certamente não é nenhum tolo! Que interesse ele teria em matar um velho? Nenhum. Por outro lado, por que não manteria ao seu lado um homem de uma sabedoria infinita, um gênio capaz de solucionar qualquer problema?

Aquela teoria, na qual ele evidentemente não pensara, deixou o rei intrigado.

— Eu irei até o Reino das Tênebras e encontrarei meu avô e o tesouro, nem que eu tenha que arrancá-los das garras daquele maldito Maltazard!

Arthur não percebera que acabara de dizer o nome proibido, impronunciável. Um nome que só trazia desgraças e, como era do conhecimento de todos, a desgraça sempre costumava chegar antes do esperado.

O alarme foi acionado e toda a aldeia ouviu. Um guarda entrou correndo no palácio gritando:

– Alerta no portão central!

O pânico foi geral. Apavorados, os minimoys começaram a correr em todas as direções, esbarrando e tropeçando uns nos outros.

O rei levantou-se do trono e dirigiu-se imediatamente ao portão central, a entrada principal da aldeia.

Selenia colocou a mão no ombro de Arthur, que estava confuso por ter criado um cataclismo daquele porte.

– Parece que você preparou muito bem a sua entrada – disse a princesa como uma serpente que lança seu veneno. – Você não foi avisado de que nunca deve pronunciar esse nome?

O pobre Arthur torcia e retorcia as mãos em todos os sentidos.

– ... Avisaram sim, mas...

– Mas o senhor só faz o que lhe dá na telha, não é mesmo?

E deixou-o ali plantado como um poste, sem lhe dar tempo para que pudesse explicar-se ou pedir desculpas.

Arthur bateu o pé no chão com força, furioso por ter cometido aquela gafe.

A multidão já se aglomerara na frente do portão central, e os guardas foram obrigados a usar os bastões para abrir caminho.

O rei, a princesa e o pequeno príncipe chegaram finalmente diante do imponente portão. Miro apertou um botão e um pequeno espelho apareceu, como se fosse um periscópio. A toupeira aproximou-se para verificar o que estava acontecendo do outro lado do longo cano que se estendia até o infinito, como uma avenida gigantesca.

Tudo parecia calmo.

Miro girou o espelho um pouco e examinou as laterais.

De repente, uma mão em forma de garra apareceu no espelho. Um grito assustado ressoou na multidão. Miro virou o botão do espelho para enxergar a imagem com maior nitidez.

Foi quando todos viram um minimoy deitado no chão, bastante machucado.

– É Gandolo, o bufão do grande rio! – exclamou um dos guardas, que reconhecera o pobre homem.

O rei debruçou-se sobre a tela para confirmar se era mesmo o bufão.

– Mas é incrível! Pensamos que ele havia desaparecido para sempre nas Terras Proibidas – espantou-se o rei.

– O que prova que é possível voltar de lá – respondeu Selenia.

– É verdade, mas vejam em que estado! Abram os portões! – ordenou o rei.

Preocupado, Arthur olhou rapidamente para o espelho enquanto os guardas afastavam as imensas traves que bloqueavam os portões.

Arthur avizinhou-se mais do espelho. Alguma coisa o intrigara, alguma coisa ali embaixo, à direita da imagem. Algo estranho, como se um dos cantos estivesse se soltando.

– Parem! – gritou.

Todos ficaram paralisados.

O rei voltou-se para o menino e interrogou-o com o olhar.

– Majestade, olhe ali. Parece que um pedaço está solto.

O rei debruçou-se sob o espelho.

– Hum... sim, realmente. Mas não é nada grave. Nós o colaremos depois – comentou sem entender o que via.

– Majestade, isso é um quadro! É uma armadilha! Meu avô costumava usar esse método na África para se proteger de animais selvagens – explicou Arthur.

– Mas não somos animais selvagens! – revidou Selenia. – E certamente não deixaremos esse infeliz morrer! E, se ele voltou das Terras Proibidas, certamente tem muitas coisas para contar! Abram os portões! – ordenou a princesa.

Do lado de fora, Gandolo arrastou-se pelo chão com a mão estendida. Ele implorou, suplicou, mas era difícil entender o que dizia. A não ser que estivesse muito próximo a alguém.

– Não abram os portões! É uma armadilha! – murmurava o minimoy, arfando.

Mas ninguém parecia ouvir a súplica de Gandolo, e os guardas começaram a abrir o pesado portão.

Mesmo assim, os minimoys hesitavam em socorrer o pobre bufão.

Selenia se ofereceu para a tarefa e começou a caminhar, sozinha e orgulhosa, em direção a um perigo que ela ainda desconhecia.

– Seja prudente, minha filha – aconselhou o pai, cujo físico imponente era inversamente proporcional à sua coragem.

– Se os seídas tivessem desembarcado, nós já os teríamos visto – respondeu a princesa, muito segura de si.

É verdade que, assim, à primeira vista, o tubo que se estendia ao infinito parecia vazio. Mas só à primeira vista. Arthur estava convencido de que se tratava realmente de uma armadilha e de que sua princesa preferida estava a ponto de cair nela.

– Não faça isso, princesa Selenia – murmurou Gandolo.

A jovem deu mais alguns passos, como se estivesse sendo atraída por aquela voz que ela somente podia adivinhar.

Arthur não agüentou mais. Arrancou a tocha das mãos de um dos guardas e arremessou-a para longe com todas as suas forças. A tocha acesa passou por cima da cabeça de Selenia e, rodopiando, chocou-se contra a tela pintada, que, até aquele momento, se mantivera ali como se fosse invisível.

O espanto na multidão foi geral. Arthur tinha razão.

Selenia não conseguia acreditar no que via. A tocha caiu no chão, a tela gigantesca incendiou-se imediatamente e começou a arder como palha seca.

– Ó, meu Deus! – exclamou a princesa ao ver aquele muro de chamas consumir a tela.

Arthur apareceu correndo, empurrou-a e agarrou Gandolo pelas pernas.

– Selenia! Mexa-se! Precisamos tirá-lo daqui! – gritou por cima do crepitar das chamas.

A princesa pareceu despertar do choque e ajudou a levantar o ferido.

– Fechem os portões! – ordenou o rei, muito angustiado.

Atrapalhados com corpo do pobre Gandolo, Arthur e Selenia correram como puderam.

A tela havia sido quase totalmente consumida pelo fogo, quando o último pedaço caiu no chão e deixou à mostra o exército dos seídas.

– Ó, meu Deus! – gritou a princesa diante daquele quadro de horror.

O fogo continuava muito intenso, e os seídas começavam a se impacientar do outro lado da moldura. Eles eram centenas, uns mais horrorosos do que os outros. O guerreiro seída era uma espécie de inseto, produto de um cruzamento cuja origem ninguém queria conhecer. As armaduras eram feitas de cascas de frutas podres. Usavam armas de todo tipo, especialmente espadas. Para aquela ocasião, haviam trazido as famosas lágrimas da morte: gotas de óleo presas por cordas trançadas e colocadas na ponta de uma atiradeira. Eles acendiam a trança e a arremessavam com a lágrima da morte, que espalhava uma língua de fogo por tudo o que se movia ou não.

Cada seída tinha sua própria montaria, conhecida como mustico. Adestrados e adornados para a guerra, aqueles animais eram lobotomizados desde o nascimento para ficarem mais dóceis.

Dizia-se que a operação não era dolorosa ao animal porque ele não tinha grande coisa para ser lobotomizada.

Contudo, o chefe seída, que não estava ali para posar enquanto o descrevíamos, decidiu atacar apesar das intensas chamas.

Ele ergueu a espada para o alto e soltou um grito de guerra pavoroso.

Centenas de seídas repetiram o grito em uníssono e com alegria.

– Depressa, Selenia! – gritou Arthur enquanto as portas se fechavam e os primeiros musticos voavam sobre eles.

Selenia reuniu toda a sua força e conseguiu passar pelos portões.

O rei jogou-se nos portões para ajudar os guardas a fechá-lo com seus braços poderosos.

Vários musticos deram de cara com os portões enquanto os guardas acabavam de colocar as traves de segurança. Infelizmente uma dezena deles conseguira entrar na cidade e a sobrevoava. O pânico foi geral na aldeia. Cada um tentava chegar o mais rápido possível ao seu posto de combate.

Os seídas que haviam entrado armavam as lágrimas da morte e as giravam por cima da cabeça. Os musticos mergulhavam na direção do solo como torpedos lançados contra navios, e as bolas de fogo explodiam no chão, deixando imensos rastros de fogo que incendiava tudo em sua passagem. Parecia o ataque a Pearl Harbor.

– Precisamos lutar, Arthur! Até o final! – afirmou orgulhosamente Betamecha.

– Bem que eu gostaria, mas com o quê? – perguntou o menino, completamente perdido.

– Você tem razão! Toma! – respondeu Betamecha passando seu bastão para Arthur. – Vou buscar outra arma!

Betamecha saiu correndo, deixando seu bastão com Arthur. Os seídas continuavam a atacá-los ferozmente e pontuavam seu bailado aéreo soltando aquelas terríveis bombas.

Uma bola de fogo atingiu o rei por trás. O grande minimoy vacilou, partiu-se ao meio e caiu por terra.

Arthur gritou horrorizado, mas Selenia não pareceu nem um pouco preocupada. Ela ajudou o pai a ficar em pé enquanto Palmito, seu fiel malbaquês, levantava-se sozinho.

Palmito era um animal enorme e peludo, cuja cabeça chata servia de suporte à poltrona real. Na verdade, era ele que servia de corpo para o rei, dando-lhe a força e a segurança necessárias a suas tarefas, pois o rei não passava de um minúsculo velhinho, muito menor do que a filha; era ele que cuidava carinhosamente do rei, seu fiel companheiro.

– Você está bem? – perguntou o rei, ansioso, a Palmito.

O animal abanou a cabeça e esboçou um sorriso, como se quisesse se desculpar por ter sido derrubado com tanta facilidade.

– Volte para o palácio – ordenou o rei. – Você é um alvo fácil para as lágrimas da morte!

O malbaquês hesitou em abandonar seu mestre.

– Depressa! Vai! – ordenou o rei.

Muito triste, Palmito desapareceu no interior do palácio.

O rei observou por um instante a confusão que reinava na aldeia e o balê aéreo dos musticos, digno de uma batalha da Segunda Guerra Mundial.

– Vamos organizar uma retaliação! – ordenou por fim sem deixar espaço para discussão.

Cada um pegou o que pôde para apagar o fogo que brotava por toda parte.

As mães agarravam seus filhos e os enfiavam dentro de alçapões especialmente construídos para ocasiões de emergência.

No flanco esquerdo, uns dez minimoys arrastavam uma catapulta artesanal.

O comandante de manobras colocou um elmo na cabeça, sentou-se no banquinho de tiro e acionou o visor, que se posicionou na frente dele. Um carregador de groselhas soltou as frutinhas, uma depois da outra, dentro de uma colher de madeira ligada a um complexo sistema de molas. O comandante acompanhou um mustico pelo visor e atirou. A groselha cruzou o espaço, mas errou o alvo. O carregador soltou uma nova groselha na colher automaticamente.

Miro voltara para seu posto, de onde controlava os espelhos. Examinou os lançadores de bolas e verificou a rede de alavancas.

No flanco direito, Betamecha saiu de uma casa segurando duas pequenas gaiolas, uma em cada mão. Cada uma continha um animal: uma espécie de bola branca parecida com os dentes-de-leão que costumamos soprar nos campos. Eram os mul-muls com seus gritinhos encantadores. Os mul-muls eram muito conhecidos pelo amor infinito que sentiam um pelo outro, e aqueles gritos, na verdade, eram gritos de amor.

— Vamos, pombinhos! Chegou a hora de provar que vocês se amam de verdade — disse Betamecha, entregando uma das gaiolas a um colega.

— Solte-o somente quando ouvir o meu apito — avisou o pequeno minimoy e saiu correndo pela aldeia destruída pelo fogo dos seídas.

O comandante dos lançamentos arremessou mais uma groselha, mas infelizmente errou o alvo outra vez. Aborrecido porque estavam atirando nele como se fosse um passarinho qualquer, o seída mergulhou na direção da catapulta e soltou uma lágrima da morte. Entretanto ele também errou o alvo, e o projétil acabou atingindo Arthur. O menino voou alguns metros pelos ares, indo cair montado em cima de uma groselha que acabara de chegar à colher.

Totalmente concentrado no mustico que acompanhava pelo visor, o comandante dos lançamentos não viu o menino.

– Oh! Não! – exclamou Arthur, percebendo a situação delicada na qual se encontrava.

O comandante acionou a alavanca, e a groselha voou pelos ares levando Arthur com ela.

Os dois projéteis cruzaram o céu da aldeia na direção de um mustico imprudente.

– Vocês viram isso? O Arthur voa! – comentou espantado o comandante dos lançamentos.

– Mas se foi você mesmo que o mandou pelos ares, seu bobalhão! – respondeu o superior dele.

Ao ver a groselha vindo em sua direção, o seída conseguiu abaixar a cabeça a tempo, evitando-a por um triz. Arthur, por sua vez, esticou o corpo sobre a traseira do mustico, fazendo o animal perder o equilíbrio.

Para verificar o que estava acontecendo, o seída olhou para trás e viu Arthur agarrado na traseira do animal. O menino apontou o bastão para a frente, assumindo um aspecto vagamente ameaçador.

O seída sorriu para ele e mostrou uma espada de aço monstruosa. Em pé sobre a montaria, avançou contra Arthur com a firme decisão de cortá-lo ao meio. O menino também tentou ficar em pé, mas aquilo não era tão fácil quanto parecia em cima daquele animal que surfava no espaço como uma foca sobre as ondas.

O guerreiro ergueu o braço e foi para cima de Arthur, que se abaixou no último segundo. Arrastado pelo peso da espada, o braço do seída enrolou-se em volta de seu próprio pescoço e quase o sufocou. Para surpresa de Arthur, o seída acabou perdendo o equilíbrio e caindo da montaria, e então o menino viu-se obrigado a segurar as rédeas do mustico.

Arthur, com uma rédea em cada mão, tentava manter a calma.

— Ora, isso não pode ser mais complicado do que dirigir o carro da vovó — murmurou não muito convencido. — Para dobrar à esquerda... basta puxar para a esquerda.

Ele puxou um pouco a rédea da esquerda, mas 'um pouco' não fazia parte do vocabulário do mustico, que começou a voar de cabeça para baixo.

Arthur deu um grito e escorregou, mas ainda conseguiu se agarrar nas pontas das rédeas que haviam se enroscado no bastão no último instante.

Completamente tonto por causa das indicações confusas do piloto, o mustico começou a dar cambalhotas. Logo depois, o animal deu um mergulho e começou a fazer manobras em um vôo rasante por cima da aldeia.

– Cuidado, Betamecha! – gritou Arthur, cujas pernas penduradas no vazio por pouco não atingiram o amigo.

Betamecha atirou-se no chão, e Arthur retornou para o espaço.

Outro seída começou a persegui-lo.

Mas Miro já o tinha visto. Ele orientou o assento na direção dos dois musticos que voavam ao longo da parede da gruta. Arthur, que continuava pendurado pelas rédeas, guiava o animal como podia. O seída que o perseguia puxou a espada e a ergueu por cima da cabeça.

Assim que terminou de calcular as duas trajetórias, Miro acionou um espelho que saiu de dentro do muro, logo após a passagem de Arthur. O perseguidor foi atingido em pleno rosto, o que interrompeu brutalmente sua corrida.

Ao ver seu colega ser 'espelhado', outro seída voou até o teto da gruta e começou a fazer manobras em vôos rasantes.

– Cuidado com as paredes – gritou para seus companheiros de combate. – Elas estão cheias de armadilhas! Voem pelo teto, é mais segu...

Não teve tempo de terminar a frase. Miro acionou um dos espelhos do teto bem em cima dele. O seída foi atingido em cheio, como se tivesse levado um soco no queixo, e o choque foi tão violento que o arrancou de cima da montaria, que prosseguiu sozinha.

Ofegante, Betamecha atravessou a aldeia com a pequena gaiola e penetrou alguns metros dentro do túnel que levava à Sala das Passagens. Ele parou um instante para descansar e depois pegou seu belo apito. Na outra ponta da aldeia, o colega que esperava o sinal abriu a pequena gaiola. O mul-mul saiu voando atrás da sua fêmea.

O pequeno animal vasculhou o espaço em todas as direções, tão angustiado como um cão que perdeu o faro. Finalmente ele encontrou o caminho certo e voou como um raio por cima da aldeia. A pequena bola branca passou a toda a velocidade na frente de um mustico, que imediatamente mudou de direção sem que seu cavaleiro tivesse dado alguma ordem.

– O que está fazendo, seu idiota? – reclamou o seída.

O mustico foi atrás do mul-mul, seu prato favorito. De nada adiantava o seída puxar as rédeas para todos os lados: um estômago vazio não tem ouvidos.

– Não é hora de comer, seu cretino de seis patas!

O mustico não reagia aos insultos. Tudo o que ele via era aquela bolinha branca apetitosa que o conduzia na direção do túnel, estreito demais para ele.

– Não! – gritou o seída ao perceber que caíra em uma armadilha.

O mul-mul enfiou-se dentro do túnel atrás de sua fêmea, e o mustico, na ânsia de segui-lo, estraçalhou-se todo naquele pequeno túnel.

Betamecha abriu a gaiola, e o macho reuniu-se com a fêmea, que se jogou apaixonadamente em seus braços. Claro que é uma forma de dizer, porque os mul-muls não têm braços.

– Muito bem, namoradinhos – disse Betamecha e partiu correndo para retomar seu lugar.

Arthur, que continuava agarrado às pontas das rédeas, começou a ser perseguido por outro seída. O guerreiro segurava uma espada enorme e preparava-se para cortar nosso herói em fatias. É verdade que, pendurado daquele jeito, ele parecia mais um salaminho.

O seída aproximou-se, girou a espada por cima da cabeça, e Arthur viu seu fim se aproximar. Ele golpeou Arthur com força, mas este encolheu as pernas, e a arma ficou presa entre as rédeas.

– Desculpe – disse Arthur, sempre educado em qualquer ocasião.

Furioso, o seída tentou soltar a espada e começou a golpear as rédeas.

O mustico achou que aquela alteração de humor era uma ordem para mudar de direção, e então empinou.

Como o seída não quis largar a espada, acabou sendo expulso da montaria.

Arthur, por sua vez, perdeu o equilíbrio e largou as rédeas, caindo em cheio no mustico de seu perseguidor, que assim não ficou muito tempo sem dono.

O menino conseguiu recuperar um pouco o sangue-frio, agarrou as novas rédeas e enrolou-as no bastão.

— Muito bem!... Vamos tentar outra vez! — murmurou para se encorajar.

Quando puxou bem devagar a tira de couro, o mustico executou uma curva ampla e magnífica para a esquerda. A força centrífuga era impressionante, mas nosso herói agüentou firme.

— Uau! Agora entendi! Que venha a mim a batalha! — gritou ardorosamente antes que uma groselha o atingisse bem no meio da cara.

O menino perdeu o controle do mustico, que sofrera avarias.

— Acertei! — parabenizou-se o atirador, agarrado ao flanco da catapulta.

— Idiota! Você acabou de derrubar o Arthur! — revidou o comandante.

Arthur e seu monstro incontrolável mergulharam em linha reta em cima de outro seída, que carregava uma 'lágrima' da morte.

— Cuidado! — gritou Arthur ao seída, que nem sequer teve tempo de perceber a catástrofe iminente.

As duas montarias se chocaram, e a lágrima da morte explodiu em cima do mustico de Arthur.

Por sorte, nosso herói teve a excelente idéia de saltar do animal antes do choque. No entanto ele agora se perguntava se fora realmente uma boa idéia, porque, considerando seu novo tamanho, estava despencando de quase cem metros de altura! Felizmente caiu montado em cima de outro mustico sem piloto.

Arthur estava livre do perigo, mas ainda tinha um probleminha a resolver: havia caído de costas e não conseguia ver para onde a nova montaria o conduzia.

Enquanto isso, o outro mustico incendiou-se e começou a mergulhar em espiral na direção do rei. Selenia o avistou.

— Cuidado! — gritou.

Ela imediatamente correu em direção ao pai e jogou-se sobre ele como um cobertor. Em conseqüência disso, o velho rei acabou perdendo o equilíbrio e caindo no chão.

O mustico explodiu, formando uma grande fogueira no ponto em que caíra.

— Pai, você está bem? — perguntou Selenia preocupada.

— Estou — respondeu fracamente o rei. — Mas por enquanto eu prefiro ficar deitado. É melhor para apreciar o espetáculo — brincou, sabendo perfeitamente que não teria forças para se levantar.

Selenia sorriu e permaneceu ao lado dele.

Depois de alguns malabarismos, Arthur conseguiu se posicionar corretamente sobre o mustico.

— Muito bem, vamos ver se fiz algum progresso — murmurou, segurando as rédeas novamente.

Deu algumas pancadinhas rápidas com as rédeas, e o mustico reagiu melhor do que uma Ferrari.

— Agora sim! — exclamou o garoto, cada vez mais seguro de si.

Posicionou-se atrás de um seída e então foi ao ataque.

O rei viu a cena.

— Selenia, olhe! — disse para a filha, apontando o dedo na direção de Arthur.

A jovem princesa voltou sua atenção para o céu e viu Arthur perseguindo um seída. Ficou boquiaberta, dividida entre a inveja e o deslumbramento.

Arthur conseguiu posicionar sua montaria bem em cima do mustico inimigo. Pigarreou para chamar a atenção do guerreiro, que levantou a cabeça, deparou com Arthur e ficou tão boquiaberto quanto a princesa.

— Precisa de munição? — perguntou o menino, bem-humorado.

Então ele puxou a corda que prendia todas as lágrimas da morte. O seída agarrou as primeiras lágrimas como pôde, mas, como um esquiador que tenta controlar uma avalanche, acabou perdendo o controle do mustico e explodindo contra a parede. Arthur fez uma curva bem fechada para evitar o choque, como se fosse um piloto de caça profissional.

— Que coragem! Que audácia! — comentou o rei. — Como ele se parece comigo! É extraordinário!

A frase lhe escapara da boca.

— ... quero dizer, eu era igualzinho a ele quando jovem, isto é, corajoso, obstinado, valente...

— E peludo também? — perguntou a filha, sempre pronta a dar uma cutucada.

O rei pigarreou e mudou de conversa.

— Ele será um bom companheiro.

– Papai! Eu já tenho idade para cuidar de mim mesma sozinha! Não preciso de uma babá! – revidou a filha, irritada como só os adolescentes sabem ficar.

– Não está mais aqui quem falou! Eu não disse nada! – respondeu o rei se esquivando.

Agora que o mustico não tinha mais segredos para Arthur, ele o comandava tão orgulhoso como um pavão.

– Quem é o próximo? – perguntou cheio de valentia, no mesmo instante em que um mul-mul passava a toda a velocidade em sua frente.

Como se tivesse sido hipnotizado, o mustico partiu atrás de seu prato preferido. Fez uma curva tão violenta que Arthur quase foi arremessado da montaria.

– Ei! Mas o que está acontecendo? – perguntou constatando que, afinal, ainda não descobrira todos os segredos do animal.

Por mais que puxasse as rédeas de nada adiantava. O mustico só iria parar depois que tivesse engolido o mul-mul.

Betamecha, que aguardava sua presa no fundo do gargalo, viu o pobre Arthur pego pela armadilha e avançando velozmente para o túnel.

– Oh, não! Ele não! – gritou, paralisado.

Miro, que assistia à cena de longe, rodopiou o assento e preparou-se para um possível salvamento.

– Coitado! Ele vai se esborrachar todo! – exclamou o rei, apavorado.

Pela primeira vez Selenia parecia se preocupar com Arthur.

– Pula, Arthur! Pula! – gritou Betamecha.

O menino não ouviu e, de tanto puxar as rédeas, elas acabaram cedendo.

Arthur tombou para trás e, apesar de seus esforços, caiu do animal.

– Arthur! – gritou Selenia cobrindo o rosto com as mãos.

Porém ele conseguira se agarrar milagrosamente a um pedaço de raiz que saía do teto.

O mul-mul entrou pelo estreito túnel, e o mustico, que ia atrás dele, arrebentou-se contra as paredes, terminando em uma versão 'cupê conversível'.

capítulo 11

Selenia deixou escapar um suspiro que traiu seu sentimento. Voltou-se para o pai, que a olhava e sorria. Ele percebera que a filha se sentia atraída pelo jovem herói. Vendo-se desmascarada, Selenia lançou um olhar furioso a ele.

– O que foi? – perguntou em um tom de voz tão frio quanto uma pedra de gelo.

– Eu não disse nada – respondeu o rei erguendo os braços para o alto como se estivesse sendo preso.

Sentado em seu posto, Miro também sorria enquanto observava aquele pedacinho de gente pendurado no teto, gesticulando como um macaco.

– Estou gostando muito desse garoto – confessou.

Betamecha posicionou-se bem embaixo de Arthur.

– Oi, Arthur! Tudo bem? – gritou para o amigo.

– Tudo ótimo! – respondeu o menino, quase morto de cansaço.

Mal terminara de falar e a raiz se esticou toda até ceder por completo.

O grito de Arthur foi tão interminável quanto sua queda, mas Miro estava atento e começou a acionar as alavancas uma depois da outra.

O primeiro espelho destacou-se da parede e conseguiu aliviar um pouco a queda de Arthur, que escorregou por cima do segundo espelho, o qual acabara de surgir bem debaixo dele. O escorregão continuou por cima do terceiro espelho e, finalmente, do quarto. Miro acionava os espelhos à medida que Arthur despencava a toda a velocidade, como se estivesse descendo de bunda por uma escada.

O menino pulou de degrau em degrau até cair no chão poeirento.

Assim como Miro, o rei também estava aliviado. E Selenia, cujo rostinho se iluminou.

Arthur teve a impressão de que suas costas haviam se transformado em geléia. Ele tentou se levantar com a ajuda do bastão que conseguira recuperar. Visto de longe, parecia um velhinho curvado sobre uma bengala.

– ... Pensando bem... ele se parece mesmo com o senhor – disse Selenia ao pai, em tom de brincadeira.

Betamecha correu para socorrer o amigo.

– Tudo bem? Não quebrou nada? – perguntou o minimoy, preocupado.

– Não sei. Não sinto mais a minha bunda!

Betamecha quase morreu de rir.

* * *

O céu da aldeia estava limpo. Muitos musticos haviam sido abatidos. Contudo ainda restavam dois, que não tardaram em surgir do nada e aterrissar aos pés do rei.

Instintivamente Selenia se colocou na frente do pai. Os dois seídas desceram da montaria e desembainharam as espadas.

— Fique tranqüila. Não estamos interessados no rei, queremos você! — disse um deles com uma risadinha maldosa.

— Pois não terão nem um nem outro — revidou a corajosa princesa apontando um punhalzinho ridículo para eles.

Os seídas caíram na gargalhada e se jogaram em cima dela aos gritos.

Gritar e atacar era provavelmente as únicas coisas que um seída sabia fazer bem. Contudo aquele combate era desigual. Selenia conseguiu dar alguns golpes, rebater outros, mas um movimento errado fez o punhal voar pelos ares. Ela caiu no chão e ficou à mercê dos dois guerreiros, que sorriram, deixando todos os dentes à mostra.

— Anda, pega a princesa — disse um deles.

Naquele momento ouviram uma voz os chamar.

— Ei, vocês!

Eles se voltaram e depararam com Arthur segurando seu fiel bastão na mão.

— Vocês não têm vergonha de atacar uma mulher?

— Não! — respondeu um dos seídas, depois de pensar por um segundo e recomeçar a rir feito um idiota.

– Lutem com um adversário à sua altura! – desafiou-os o menino apertando as mãos em volta do pobre bastão.

– Você está vendo algum adversário à nossa altura? – perguntou um dos seídas para o outro, dando uma pirueta.

– Eu não – respondeu seu companheiro rindo às gargalhadas.

Ofendido, Arthur encheu seus pequenos pulmões de ar e avançou na direção deles com o bastão erguido por cima da cabeça.

Um dos seídas rodopiou a espada à velocidade do som e cortou o bastão de Arthur na altura do punho. Interrompido em seu impulso, o menino parou.

– Anda, acaba logo com ele. Eu cuido da moça – disse o outro seída, muito sério.

Arthur recuou e evitou como pôde os poderosos golpes de espada. Selenia ficou na frente do pai, disposta a morrer por ele. Mas o seída não estava interessado em sacrifícios. Tudo o que ele queria era a princesa.

Arthur estava furioso, frustrado e exausto com todas aquelas injustiças que vinha sofrendo havia algum tempo. Onde estava o bom Deus que nos defende do mal? Onde estavam os adultos e suas belas palavras sobre a justiça, sobre o certo e o errado? Em volta dele existia apenas um negrume, e ele não agüentava mais.

Foi então que tropeçou em uma grande pedra e sua mão agarrou o punho da espada mágica. Seria aquele um sinal da Providência? Uma resposta às suas indagações?

Arthur não soube dizer. Tudo o que sabia era que, naquele momento, uma espada seria muito útil e que aquela que ali estava não serviria para nada se continuasse enfiada na pedra.

Segurou a espada e retirou-a da pedra como se estivesse fincada em um pedaço de manteiga.

O rei não conseguia acreditar no que via.

Mais uma vez Selenia estava boquiaberta.

– Um milagre! – exclamou Miro.

Os dois seídas olharam desconfiados para Arthur, perguntando-se como ele conseguira fazer aquilo. Mas, como entre os seídas qualquer tipo de reflexão costumava terminar em briga, os dois guerreiros resolveram ir novamente para cima do garoto.

Arthur ergueu a espada e começou a lutar. Grande foi a surpresa dele quando percebeu que a arma era levíssima e, mais incrível ainda, que estava executando golpes que jamais aprendera. Arthur lutava com elegância e leveza, como em um sonho.

Betamecha aproximou-se de Miro.

– Onde foi que ele aprendeu a lutar assim? – perguntou o príncipe, espantado.

– É a espada que lhe dá esse poder – respondeu Miro. – Ela multiplica a força dos justos.

Os dois seídas esgotaram rapidamente suas forças e não sabiam mais o que fazer. Arthur acelerou os movimentos e, a cada novo golpe, cortava mais um pedacinho das espadas deles. Em pouco tempo os dois guerreiros seguravam apenas o punho das espadas e, por esse motivo, preferiram cessar o combate.

Arthur aproveitou para recuperar o fôlego. Ele sorria como um vencedor.

– Ajoelhem-se! E peçam perdão à princesa! – ordenou.

Os seídas entreolharam-se e partiram correndo para as montarias tentando escapar daquela humilhação.

Arthur foi atrás deles e cortou as patas dos musticos com um golpe de espada. Os seídas perderam o equilíbrio, caíram para a frente, rolaram no chão e terminaram de bruços.

– Eu disse: de joelhos! – repetiu Arthur, ameaçando-os com a ponta da espada.

Selenia aproximou-se lentamente e parou diante dos dois guerreiros, que pareciam muito arrependidos.

– Perdão... – começou a dizer o primeiro.

– ... princesa – terminou o segundo.

Selenia empinou o nariz, como só as princesas sabem fazer.

– Guardas! Levem os prisioneiros para o Centro de Descondicionamento! – gritou o rei do meio da praça deserta.

Alguns guardas apareceram timidamente e levaram os dois seídas embora. O rei aproximou-se de Arthur para parabenizá-lo.

Mas Arthur, que parecia não estar muito a fim de ser cumprimentado, perguntou:

– O que é esse Centro de Descondicionamento?

– É um mal necessário – respondeu o velho rei. – Eu não gosto muito de fazê-los passar por essa provação, mas é para o próprio bem deles. Depois de um tratamento de choque, eles voltam a ser o que eram antes: simples e gentis minimoys.

* * *

Com um nó na garganta, imaginando o que os esperava, Arthur observou os prisioneiros se afastarem.

Betamecha deu um tapinha nas costas do amigo.

– Você lutou como um líder! Incrível!

– Foi a espada. Ela é tão leve que faz tudo parecer fácil – justificou-se o menino com modéstia.

– Claro que é! É uma espada mágica! Ela estava enfiada na pedra fazia anos! Você foi o único que conseguiu tirá-la de lá! – disse Betamecha entusiasmado.

– É mesmo? – respondeu Arthur muito espantado, olhando para a arma.

O rei aproximou-se dele novamente com um sorriso paterno no canto dos lábios.

– É isso mesmo, Arthur! Agora você é um herói. Você é Arthur, o herói!

Betamecha adotou a frase imediatamente e começou a gritar louco de alegria.

– Viva Arthur, o nosso herói!

O povo, que reaparecera pouco a pouco na praça, começou a aplaudir e a manifestar alegria ao ouvir o nome de Arthur.

O menino levantou um braço timidamente. Ele ainda não estava habituado àquela repentina popularidade.

Selenia aproveitou a euforia geral para tentar convencer o pai.

– Agora que a espada foi tirada da pedra, não temos nem um segundo sequer a perder – pressionou a princesa. – Eu lhe peço que me dê sua permissão para cumprir a minha missão.

O rei olhou para aquela multidão jubilante e mais uma vez despreocupada. Entretanto perguntou a si mesmo quanto tempo aquela aparente calma duraria. Olhou afetuosamente para a filha, que embora fosse muito jovem já era mais alta do que ele.

– Infelizmente não posso discordar de você, minha filha. A missão precisa ser cumprida, e você é a única entre nós capaz disso.

Selenia sentiu vontade de expressar toda a sua alegria, mas a seriedade do assunto e o protocolo obrigaram-na a conter-se.

– Porém com uma condição – acrescentou o rei, que adorava um suspense.

– Qual? – perguntou a princesa, ansiosa.

– Arthur é corajoso e valente. Seu coração é puro e sua luta é justa. Ele irá com você.

A frase foi clara e direta. Selenia entendeu que qualquer discussão seria inútil. Abaixou os olhos e acatou a decisão do pai sem argumentar, o que raramente acontecia.

– Estou orgulhoso de você, minha filha – confessou o pai muito feliz. – Tenho certeza de que vocês dois formarão uma boa dupla.

Uma hora antes ela teria considerado a condição imposta pelo pai o pior dos insultos. Mas Arthur lutara bem e salvara a vida do rei. E havia mais uma coisa, que ela jamais confessaria nem para si mesma: empurrada por um sopro quente, uma pequena corrente de ar cheia de ternura abrira uma portinhola em seu coração. Uma portinhola pela qual Arthur escorregara. Ela ergueu os olhos bem devagar e pousou-os em seu novo companheiro. As duas crianças se fitaram, quase como se fosse pela primeira vez.

Arthur sentia que algo mudara, mas ele teria de crescer mais para saber o que era. Meio sem jeito, sorriu timidamente para Selenia como se quisesse desculpar-se de ser seu companheiro por obrigação.

Os olhos de Selenia se estreitaram, como o fazem os gatos quando começam a ronronar, e ela deu um belo sorriso.

O portão central da aldeia abriu-se um pouco. Um dos guardas enfiou a cabeça por ele e verificou se o túnel estava vazio. Deu alguns passos até o outro lado e atirou uma flecha em chamas. O projétil atravessou o túnel, iluminando as paredes úmidas em sua passagem. A flecha foi se fincar a uma boa distância no chão. Não havia nenhuma tela pintada.

– O caminho está livre – gritou o guarda, voltando-se para a porta, que se abriu imediatamente.

Todo o povo minimoy estava reunido para dar um último adeus à princesa e a Arthur.

Arthur guardou a espada dentro da magnífica bainha de couro, que ele não se cansava de admirar.

Miro colocou a mão gentilmente no ombro do garoto. Parecia um pouco confuso.

– Eu sei que você vai procurar seu avô, mas...

Hesitou, contorceu-se todo e, finalmente, resolveu falar.

– Se durante a sua procura você encontrar uma pequena toupeira que atenda pelo nome de Milo... é meu filho. Já se passaram três meses desde que ele desapareceu. É provável que os seídas...

Miro abaixou a cabeça, como se a tristeza fosse pesada demais para suportar.

– Conte comigo – respondeu Arthur, sem hesitar um segundo.

Miro sorriu, encantado com a energia e a franqueza do jovem.

– Muito obrigado, Arthur. Você é um bom menino.

Um pouco mais longe, Betamecha preparava-se para colocar a mochila nas costas. Dois guardas içaram uma sacola imensa, e Betamecha enfiou os braços pelas alças.

– Você tem certeza de que não esqueceu nada? – perguntou um dos guardas tentando conter o riso.

– Tenho! Vamos! Podem soltar!

Os dois guardas, que já estavam quase sem fôlego, largaram a mochila. Com o peso, Betamecha caiu para trás, ficando no chão como uma tartaruga de costas.

Os dois guardas e o rei se dobraram de tanto rir. Selenia suspirou.

– Pai? Betamecha precisa mesmo ir conosco? Ele vai nos atrasar, e já temos tão pouco tempo.

– Mesmo ainda sendo uma criança, Betamecha é o príncipe deste reino e também terá de governá-lo um dia – respondeu o rei. – Ele precisa provar sua coragem e aprender isso pela experiência.

Essa decisão fez com que Selenia ficasse novamente amuada, o que comprovava que ela estava outra vez em plena forma.

– Muito bem! Então não temos mais tempo a perder! Adeus – despediu-se a princesa dando as costas sem ao menos abraçar o pai.

Ela se dirigiu para o portão e passou na frente de Arthur.

– Vamos! – ordenou sem se deter.

Arthur fez um pequeno gesto de adeus a Miro e saiu correndo atrás de Selenia.

Quando Betamecha viu a irmã indo embora, tirou alguns objetos inúteis da mochila e colocou-a nas costas sem fechá-la.

– Ei! Esperem por mim!

Ele apressou os passos para alcançar os companheiros e na corrida acabou perdendo um monte de coisas aparentemente inúteis.

Selenia já estava dentro do imenso túnel. Betamecha recuperara o atraso.

– Puxa! Vocês não podiam esperar por mim? – reclamou.

– Sinto muito, mas acontece que precisamos salvar nosso povo – respondeu a princesa com sua acidez característica.

Os três se afastaram e penetraram no tubo escuro. Apenas a tocha que Arthur tivera o cuidado de levar iluminava um pouco o caminho, formando uma pequena chama que começou a desaparecer à medida que eles se distanciavam.

O povo minimoy despediu-se deles com sinais de adeus até os guardas trancarem os pesados portões. Uma batida forte e surda indicou que estavam novamente fechados na aldeia.

O rei suspirou diante daquele portão que o impedia de ver seus filhos.

– Só espero que consigam passar despercebidos pelos seídas! – murmurou para Miro. – Por falar nos seídas, como estão indo os prisioneiros? – perguntou.

– Eles são teimosos, mas estamos progredindo – respondeu a toupeira.

Os dois seídas em questão estavam sem as armaduras e flutuavam em uma imensa banheira cheia de espuma colorida. Algumas belas minimoys sopravam bolas de diversas formas, enquanto outras dançavam com a sensualidade das havaianas. O ambiente era suficientemente aconchegante e inebriante para amolecer até dois pedaços de granito.

Duas encantadoras minimoys aproximaram-se deles e ofereceram dois coquetéis que pareciam maravilhosos.

– Nãum!!! – responderam juntos.

Ainda não tinha sido daquela vez...

capítulo 12

O túnel onde nossos três heróis se encontravam parecia agora mais frio, mais sombrio e mais assustador. As paredes pingavam por todos os lados, e cada gota que caía do teto parecia explodir no chão com um terrível estrondo, como bombas jogadas de uma grande altura.

– Selenia, estou com medo – choramingou Betamecha, que não desgrudava da irmã.

– Ora, volte pra casa! Depois, quando a gente voltar, a gente conta pra você todas as nossas aventuras – respondeu a irmã com a impaciência habitual. – Você também quer retornar? – perguntou a Arthur.

– Por nada neste mundo – respondeu o menino sem hesitar. – Quero ficar ao seu lado... para... protegê-la, é claro!

Selenia arrancou a bainha com a espada dele e a prendeu na cintura.

– Pronto, agora estou protegida! Não precisa mais se preocupar comigo!

Um pouco apreensivo, Betamecha intrometeu-se na conversa.

– Mas a espada só foi retirada da pedra por causa de Arthur!

– Sim, e daí? – respondeu a princesa, que não estava nem um pouco preocupada com aquilo.

– E daí que não custava nada você dizer 'muito obrigada, Arthur'!

Selenia revirou os olhos.

– Muito obrigada, Arthur, por ter tirado a espada real da pedra. Como o nome indica, ela só pode ser usada por um membro da família real, e pelo que sei você não é um, certo?

– Bem... não – respondeu Arthur um pouco confuso.

– Então cabe a mim usá-la – concluiu a princesa, apertando o passo.

Os dois meninos entreolharam-se um pouco assustados. Não iria ser nada fácil viajar com aquela princesa geniosa.

– Vamos subir até a superfície e pegar um transportador. Assim ganhamos tempo – informou a princesa como se fosse uma ordem.

Selenia subiu na junta de um tubo e passou para a superfície por um pequeno buraco.

Os três meninos foram parar em uma floresta quase impenetrável de folhagens altas, espessas e imensas. No entanto, era apenas um pedaço do gramado do jardim que ficava bem em frente à casa da avó de Arthur.

A janela do segundo andar continuava aberta. Uma brisa leve, tão leve como só podem ser as brisas na primavera, acariciou o rosto de vovó, que teve certa dificuldade para acordar do sono profundo em que se encontrava.

– Puxa, dormi como uma pedra! – resmungou a mulher com voz rouca, esfregando a nuca.

Ela colocou os chinelos e foi até o quarto do neto arrastando os pés. Destrancou a porta e enfiou o rosto pela fresta. Debaixo do edredom, não deixando à mostra nenhum pedacinho do corpo, Arthur parecia dormir profundamente.

A avó sorriu e decidiu deixá-lo descansar mais um pouco. Fechou a porta bem devagar e saiu.

Vovó foi até a porta da entrada, abriu-a e pegou as duas garrafas de leite que estavam na soleira, uma prova de que Davido ainda não se apoderara da leiteria.

Aquele sinal positivo animou-a a levantar a cabeça e apreciar o belo dia que começava. Um céu de anil cobria o lindo jardim e as magníficas árvores, exceto uma, que parecia um pouco mal-ajambrada: tinha uma caminhonete enroscada em seu tronco como uma echarpe.

Vovó assustou-se com aquela estranha visão.

– Será que me esqueci de puxar o freio de mão outra vez? Como ando distraída! – disse para si mesma.

Agora vamos sobrevoar o jardim, fazer de conta que é uma floresta gigantesca, e mergulhar no meio da grama, espichada como carvalhos centenários.

Os três pequeninos avançavam rapidamente naquela floresta minúscula e gigantesca. Caminhavam a pelo menos 200 por hora... *metros*, é claro.

Muito à vontade no jardim, Selenia seguia por uma trilha. Arthur não a perdia de vista nem por um segundo sequer. Betamecha, que ficara um pouco para trás, começava a mostrar os primeiros sinais de cansaço.

– Selenia? Você não poderia ir um pouco mais devagar, por favor? – pediu amigavelmente o irmão.

– Nem pensar! Quem mandou você se carregar como um gamulo, o inseto gigante!

– Eu só trouxe algumas coisinhas... nunca se sabe... – respondeu Betamecha encolhendo os ombros.

Selenia caminhava reto na direção de uma centopéia, que, vista de baixo, parecia avançar como um prédio de dez andares.

Arthur ficou apreensivo. O animal era gigantesco, e suas inúmeras patas eram tão grossas quanto escavadeiras.

Selenia passou na frente do monstro como se ele nem existisse.

– Você trouxe alguma coisa para o caso de cruzarmos com um desses? – perguntou Arthur quase em pânico para Betamecha.

– Calma! – respondeu Betamecha, tirando um objeto do bolso. – Eu trouxe meu multicanivete. Ele tem trezentas funções. Ganhei de presente de aniversário.

O pequeno príncipe exibiu orgulhosamente o objeto, que parecia ser suíço, e começou a enumerar as tais das trezentas funções.

– Deste lado temos uma serra rolante, uma lâmina dupla e pinças de caranguejo duplas. Do outro lado, uma bola de sabão, uma caixinha de música e uma máquina de fazer biscoitos. Aqui temos um descaroçador de cereais, um localizador de oito tipos de perfume, um passador de baunilha para tortas e, para os dias de muito calor... um leque!

Betamecha apertou um botão e abriu-se um magnífico leque japonês. O pequeno minimoy começou a se abanar como se o calor o incomodasse.

– Puxa! Que coincidência! No ano passado também ganhei um canivete assim no meu aniversário, isto é, um bem parecido – comentou Arthur sem tirar os olhos da imensa centopéia, que continuava avançando em sua direção. – E... você não tem nada para bichos gigantes? – perguntou novamente o menino, cada vez mais inquieto.

– Isso sem falar nos clássicos! – prosseguiu Betamecha sem prestar atenção à pergunta. – O tulipo, o matacheto, os fixomatos e os soluquetes, os pipalates, os sifoletos, os gulurosos e os moldorosos, os raque-raques com furinhos e o nautilo de soldar, os pamplinetos e os gira-borlas...

Seu entusiasmo foi interrompido por Selenia, que já não agüentava mais aquela conversa.

– E não tem nada aí pra calar essa matraca? – perguntou a princesa tirando a espada da bainha.

Betamecha deu de ombros.

Sem parar de caminhar, Selenia podou as patas dianteiras da centopéia, como se ceifasse trigo.

O bicho levantou a cabeça e quase engasgou com o capim que estava pastando. Nossos três heróis passaram por baixo do animal e se puseram a caminhar ao longo do seu corpo como se estivessem passeando por uma galeria. A centopéia começou a correr no sentido inverso e... tantas patas levantam uma poeira danada!

Arthur não conseguia acreditar no que estava acontecendo, nem mesmo quando o animal gigantesco passou por cima da sua cabeça como um Boeing no momento da decolagem.

Betamecha, que estava acostumado a passar por aquilo todos os dias, nem ligou.

– E aqui estão todas as últimas novidades, como o piluto fru-fru, muito prático para caçar badarus emplumados.

– Que tipo de pássaro é esse tal badaru? – perguntou Arthur sem desgrudar os olhos da centopéia.

– É um peixe – respondeu Betamecha e continuou desfiando sua lista. – Também tenho um cuspidor de saliva, um musselino de veludo, um descaroçador de uvas brancas, um umidificador de passas, um lança-sapos, um protetor de caflom e várias armas de punho: um parabulidor, um sifolom de doze golpes e o último modelo do carcanão de dupla face...

A centopéia finalmente desapareceu, deixando atrás dela uma nuvem de poeira e um Arthur aliviado.

– ... e para terminar... – concluiu Betamecha, que não parara de falar um só segundo – uma última função, e também a minha preferida: o pente!

Betamecha apertou um botão que liberou um minúsculo pente feito de escamas artificiais. Sem disfarçar seu prazer, o príncipe começou a pentear os cabelinhos que despontavam no cocuruto.

— Essa função o meu não tem — comentou Arthur, achando o pequeno príncipe muito divertido.

A estação central, a encruzilhada de qualquer viajante que se preze, fora construída em cima de um terreno ligeiramente desmatado. De longe, parecia uma pedra plana enfiada no chão. Vista de perto, percebia-se que se compunha de duas pedras colocadas uma ao lado da outra e que no espaço entre as duas havia outra pedra horizontal.

Essa pedra horizontal era um imenso balcão, que tinha a capacidade de acolher dezenas de passageiros ao mesmo tempo. Mas naquela manhã o balcão estava completamente vazio.

Selenia aproximou-se da enorme pedra e viu uma placa em que se lia:

EXPRESSO TRANSPORTES DE TODO TIPO

— Tem alguém aí? — gritou a princesa para o interior do balcão.

Ninguém respondeu, embora as grades dos guichês estivessem levantadas, e os escritórios, iluminados por tochas.

— Parece que por aqui as pessoas não viajam muito — observou Arthur também tentando encontrar alguém.

— Depois que você fizer uma viagem, vai entender por quê — comentou Betamecha, irônico.

Arthur ainda estava pensando nas palavras de Betamecha quando uma bola partida ao meio em cima do balcão chamou sua atenção. Ela era parecidíssima com as campainhas que ficam na recepção dos hotéis. Resolveu apertá-la. O objeto ganiu imediatamente. O bichinho pôs as patas de fora e acordou os filhotes que dormiam debaixo da sua concha. A mãe reclamava em uma língua desconhecida, mas que era muito parecida com o dialeto criquetê.

– Eu... eu sinto muito. Confundi a senhora com uma campainha – desculpou-se o menino, meio sem jeito.

A explicação de Arthur acabou insultando a mãe-bichinho, e ela começou a berrar em sua língua.

– Espere! Eu quis dizer que não sabia que a senhora estava viva.

Tentando consertar, Arthur piorava cada vez mais a situação.

A mãe-bichinho nem quis saber de desculpas. Foi embora por cima do balcão, seguida pela filharada.

– O que vocês acham que estão fazendo, agredindo a minha clientela desse jeito? – reclamou o velho minimoy que acabara de aparecer atrás do balcão.

Ele usava um macacão de pétalas de centáurea-azul, tinha bigodes grossos e tão peludos como suas orelhas, e falava com um forte sotaque italiano.

– Mil desculpas – disse Arthur, muito surpreso ao ver o velho.

Selenia colocou-se na frente do guichê e interrompeu a conversa.

– Com licença, estamos com pressa. Eu sou a princesa Selenia! – apresentou-se com uma ponta de vaidade.

O velho funcionário fechou um dos olhos para observá-la melhor.

– Ah, agora entendi. E aquele ali deve ser o bobão de seu irmão, não é?

– Exatamente! – concordou Selenia antes que Betamecha pudesse reagir.

– E quem é esse aí que agrediu meus clientes? – perguntou o minimoy com péssimo humor.

– Meu nome é Arthur – respondeu educadamente o menino –, e estou procurando meu avô.

O funcionário pareceu intrigado e tentou forçar a memória.

– Já faz muito tempo, mas me lembro de ter transportado um senhor... Como era mesmo o nome dele?

– Arquibaldo? – sugeriu Arthur.

– É isso! Arquibaldo!

– O senhor lembra para onde ele foi? – perguntou Arthur com os olhinhos brilhando de esperança.

– Lembro. Aquele velho excêntrico insistiu que queria viajar para Necrópolis! Vejam só! Bem no meio dos seídas! Um louco!

– Mas isso é incrível! – exclamou Arthur. – É exatamente para lá que queremos ir.

Espantado com um pedido tão estranho, o agente dos transportes ficou parado um instante, depois fechou o guichê e a grade de uma só vez.

— Está lotado! — disse imperturbável.

Selenia, que não tinha tempo a perder com aquelas esquisitices, tirou a espada e abriu um buraco no balcão.

Em seguida, empurrou a porta recém-construída para dentro, que caiu no chão com um estrondo.

O funcionário ficou paralisado no fundo do escritório, com seu bigode empinado.

— Quando é a próxima partida para Necrópolis? — perguntou a princesa.

Betamecha tirou um pesado anuário da mochila. O livro tinha umas oitocentas páginas.

— A próxima partida é daqui a oito minutos — informou o príncipe depois de encontrar a página. — E é direto, sem paradas!

Selenia pegou uma bolsinha cheia de moedas e jogou-a aos pés do funcionário.

— Três passagens para Necrópolis! Primeira classe! — ordenou mais decidida do que nunca.

O agente empurrou uma alavanca enorme, igual à de uma passagem de nível de trem, e uma noz gigantesca rolou sobre a cabeça deles, em cima de um bambu partido em dois, parecidíssimo com aqueles do aqueduto de Arthur.

A noz rolou, cruzou um pedaço de chão e engatou-se em cima de uma aparelhagem muito complexa, cuja utilidade não ficava clara num primeiro momento.

O funcionário abriu uma porta na noz, como a porta de uma cabine de algum teleférico.

Os três meninos abaixaram a cabeça, entraram e se instalaram a bordo. Exceto por um banco entalhado na própria casca, o interior da noz estava completamente vazio.

Selenia puxou a membrana colocada no centro, que a envolveu como um cinto de segurança. Arthur a observava e imitava todos os seus gestos, em vez de incomodá-la com as milhares de perguntas que ele estava morrendo de vontade de fazer.

– Boa viagem! – desejou o funcionário e fechou a porta.

capítulo 13

Em outro lugar, outra porta abriu-se bem devagar.
A avó de Arthur passou a cabeça pela abertura e espiou novamente dentro do quarto do neto. O menino continuava dormindo enfiado debaixo do edredom. Tanto melhor, ela queria fazer uma surpresa. Empurrou a porta com o pé e entrou segurando uma magnífica bandeja de madrepérola, com um farto café da manhã.
Colocou a bandeja em cima da beira da cama e saboreou o momento.
– O café está servido! – cantarolou com um sorriso satisfeito nos lábios.
Deu uns tapinhas no edredom e foi abrir as cortinas. Uma claridade alegre inundou o quarto e valorizou ainda mais a bela arrumação que ela fizera na bandeja.
– Anda, seu preguiçoso. Está na hora – disse gentilmente puxando as cobertas.
Horrorizada, deu um grito quando viu que o neto se transformara em um cachorro. Isto é, claro que ela percebeu que era

Alfredo que dormia na cama de Arthur. O cachorro, que achara a brincadeira muito engraçada, abanou o rabo. Mas vovó não parecia ter gostado nem um pouco daquele passe de mágica.

– Arthur!!! – gritou da soleira da porta, como sempre fazia.

O neto não conseguia ouvi-la lá do fundo da noz. De qualquer forma, ele estava muito ocupado em regular o cinto de segurança.

Betamecha pegou uma bolinha branca, leve como um dente-de-leão, sacudiu-a energicamente e a bolinha acendeu. Ele soltou a bela lâmpada no ar, e ela começou a flutuar no espaço iluminando a cabina, como faziam as bolas giratórias nas danceterias.

– Sinto muito, mas só tenho na cor branca – desculpou-se como se estivesse falando de biscoitos sem sal.

Arthur estava fascinado com a magia daquela aventura e com tudo o que estava vendo ao redor. Nem no melhor dos sonhos ousara imaginar tudo aquilo.

O agente dos transportes sentou-se em seu posto de pilotagem, que parecia tão complicado como uma ponte de comando de um transatlântico. Empurrou a primeira alavanca. Uma pequena agulha girou em cima de um disco, no qual se lia o nome das Sete Terras. A agulha rodou até o lado mais escuro do disco e parou nas palavras 'Terras Proibidas'. Um enorme mecanismo pôs-se em movimento e ajustou a noz na direção certa.

Através de uma das fendas da casca da noz, Arthur tentava enxergar o que estava acontecendo.

– Ainda não entendi como vamos viajar – comentou.
– De noz, ora! – respondeu Betamecha como se fosse a coisa natural do mundo. – De que outra forma você queria viajar?
O pequeno príncipe abriu o mapa das Sete Terras.
– Estamos aqui e vamos para lá – explicou como se fossem viajar para algum subúrbio da cidade.
Arthur curvou-se em cima do mapa e, apesar da minúscula escala, tentou entender onde estava. Tudo indicava que Necrópolis estava situada perto da garagem.
– Entendi! – exclamou de repente. – Necrópolis fica exatamente debaixo do reservatório de água.
– Como assim, reservatório de água? – perguntou Selenia preocupada.
– É isso mesmo. Toda a água que usamos em casa fica armazenada dentro uma cisterna enorme, que está bem aqui, exatamente em cima de Necrópolis.

Vovó acendeu a lâmpada da garagem e constatou que ela estava completamente vazia. Nem sinal do neto.
– Onde ele está? – perguntou para Alfredo, embora este fosse incapaz de responder.
De qualquer forma, mesmo que falasse, Alfredo sabia perfeitamente que ela nunca iria acreditar nele.

– Quantos litros cabem nesse reservatório? – perguntou Selenia como se estivesse pensando em algo específico.
– Puxa! Milhares e milhares – respondeu Arthur.

O rosto da princesa se ensombreceu.

– Estou começando a entender o que aquele cara está planejando.

– Que cara? – perguntou Arthur.

– M. – respondeu a princesa como se fosse evidente.

– Aah! Maltazard! – exclamou Arthur com a mesma seriedade de um principiante.

O corpinho de Betamecha e de Selenia se enrijeceu. Arthur percebeu imediatamente que havia cometido outra gafe.

– Ops! – disse cobrindo a boca com a mão.

Como aquele nome era sempre um mensageiro de maus presságios, um rugido abafado subiu imediatamente do fundo dos tempos.

– Em nome de um gamulo de duas corcovas! – gritou Selenia. – Não ensinaram você a prestar atenção no que diz?

– Eu... desculpe – gaguejou Arthur à beira do desespero.

O agente dos transportes apoiou o estetoscópio em cima de um enorme tubo. Ouviu o rugido que aumentava e colocou os óculos de proteção.

– Partida para Necrópolis em dez segundos! – gritou.

Betamecha tirou da mochila duas bolinhas de algodão cor-de-rosa.

– Você quer uns muf-mufs para tapar os ouvidos? – ofereceu a Arthur.

– Não, obrigado – respondeu o menino, preocupado com a vibração que vinha de dentro do chão.

– Pois devia. Esses são muf-mufs de primeiríssima qualidade. Novinhos em folha, nunca foram usados. E, graças à pelugem autolimpante, você também pode...

Betamecha foi interrompido por Selenia, que acabara de enfiar um muf-muf dentro da boca do irmão.

O chão, que antes vibrava um pouco, agora tremia todo. Para não ser jogado contra as paredes da nave, Arthur agarrou-se ao banco. O agente de transportes empurrou outra alavanca. A agulha girou em volta de outro disco, aquele que indicava a força que estava sendo utilizada na nave. A agulha parou na luz vermelha, na qual se lia 'Máximo'.

Enquanto isso, vovó se desesperava. Ela já havia feito três voltas ao redor da casa e cinco no jardim. E não encontrara nada. Nem um sinal, nem uma pista. Parou mais uma vez na soleira da porta, colocou as mãos em concha e gritou:

– Arrthuuur!!!

Apesar da barulheira e dos tremores, Arthur ouviu algo: uma voz distante o chamava. Aproximou-se de uma minúscula fenda da junta da noz e tentou localizar de onde vinha aquela voz.

– Vovó? – perguntou sem muita certeza.

– E agora... vamos! – falou o controlador, como se fosse um eco respondendo à pergunta que Arthur fizera.

Um guarda-chuva abriu-se automaticamente por cima do agente dos transportes, e um jato de água quente explodiu do chão. A noz estava parada bem em cima de um irrigador giratório. A força do jato da água jogou a noz para o espaço, e a viagem começou.

A noz cruzou o jardim a alguns metros acima do chão.

Através da fenda, Arthur viu a avó entrar em casa.

— Vooovóóó! — gritou o menino.

Selenia lamentou não ter colocado seus muf-mufs.

A avó voltou-se. Ela também ouvira uma vozinha chamando-a ao longe.

— Vovó! Estou aqui! — gritou Arthur com toda a força dos seus pulmões, mas o grito saiu fraquinho.

Vovó não vira nada. Ela ficou ali parada, observando o sistema de irrigação começar seu trabalho e abrir um chuveirinho depois do outro.

Enquanto isso, Betamecha conseguira finalmente cuspir o muf-muf da boca.

— Selenia! Os muf-mufs não foram feitos para a boca! — queixou-se o minimoy. — Muito inteligente! Agora estou com sede!

— Com toda essa chuva que está caindo lá fora, você logo logo vai poder beber algo. Agora, acalme-se — falou a princesa, tentando enxergar o que acontecia do lado de fora por outro buraquinho da junta da noz.

— Quanto tempo dura o vôo? — perguntou Arthur, que se mantinha agarrado ao banco.

— Alguns segundos, se tudo correr bem! — respondeu a princesa com ar preocupado.

— Como assim, se tudo correr bem?

— Se não esbarrarmos em nenhum obstáculo.

Arthur achou que a princesa se preocupava à toa.

– Que tipo de obstáculo poderíamos encontrar no meio do céu? – perguntou com um sorriso irônico.

– Este, por exemplo – respondeu Selenia encolhendo-se na poltrona.

De súbito, no meio da chuva que caía sem parar, surgiu um besouro enorme que se chocou com a noz. O baque foi tão violento quanto o de dois carros que colidem de frente. Apesar de o besouro ter tido tempo de se desviar, acabou mudando a direção da nave e sofrendo avarias em sua asa. Agora o inseto mergulhava em espiral direto para o chão. No interior da noz, a confusão era geral. Pior do que durante um terremoto.

Por sorte a noz aterrissou sobre o gramado. Girou um pouco sobre si mesma e finalmente parou.

Cada um voltou lentamente à realidade. Betamecha constatou que sua mochila estava vazia e que todos os objetos que ele trouxera estavam espalhados ao redor.

– Droga, agora preciso arrumar tudo de novo!

– Eu já disse que você não precisava ter trazido tanta coisa – revidou Selenia.

Arthur suspirou aliviado, contente por estar vivo e inteiro.

– Vocês sempre viajam assim? – perguntou ironicamente.

– As viagens internacionais são mais tranqüilas – respondeu Selenia.

– É mesmo? – falou Arthur, feliz por ter escapado ileso daquela aventura.

Selenia espiou mais uma vez pela fenda.

– Vamos esperar a chuva passar. Depois veremos melhor onde estamos.

A avó de Arthur continuou na soleira da porta até o sistema de irrigação parar. O silêncio voltou e acentuou o longo suspiro daquela mulher desesperada. Ela não entendia por que não conseguia encontrar o neto.
Deu meia-volta, entrou na casa e fechou devagar a porta.

– Pronto, parou. Vamos! – disse Selenia.
Betamecha arrumava a mochila enquanto a irmã tentava abrir a porta da nave, que também tinha sido avariada durante o acidente.
– Droga de besouro! Ele atingiu a porta! Está emperrada.
Arthur tentou ajudá-la, mas nada feito.
Do lado de fora, um monstruoso verme aproximou-se da noz. Ele, entretanto, não estava interessado nela, mas sim nas apetitosas folhas de dente-de-leão que haviam sido amassadas durante a aterrissagem.
O verme passou na frente da noz e esbarrou nela, sem querer, com um dos seus anéis.
– O que foi isso? – perguntou Arthur preocupado.
– Não sei – admitiu Selenia. – Mas é melhor a gente sair logo daqui.
Ela tirou a espada mágica da bainha e fez um furo na casca da nave. Ao fazer isso, furou também um dos anéis do verme, que começou a dar cambalhotas pelo ar. Pode-se ter cem bundi-

nhas, mas nunca é agradável machucar qualquer uma delas. Claro que tinha sido sem querer, somos testemunhas disso, contudo o grande verme da terra reagiu muito mal àquele ataque e começou a contrair os anéis um depois do outro, como um acordeão que se fecha, soltando depois todos ao mesmo tempo. O tiro foi poderoso e preciso. A noz saiu voando por centenas de quilômetros – que devem ser convertidos para milímetros. Claro que a mochila de Betamecha se esvaziou por completo outra vez. A noz rolou e rolou até cair dentro de um riacho que a levou como um barquinho, isto é, como uma casca de noz. Arthur começou a ficar enjoado.

– É bom que essa noz pare logo – avisou quase vomitando.

A água começou a penetrar pelas juntas da noz e pelo buraco que Selenia fizera com a espada. Ela ficou parada, olhando fixamente para o fio de água como se estivesse na frente de uma cascavel.

– Olhem a água! Arthur, estamos afundando! – gritou sem saber o que fazer.

– Que horror! – ecoou Betamecha agarrando-se à irmã.

– Onde estamos? Arthur, onde estamos? – perguntou Selenia apavorada.

– Não sei, mas é melhor sairmos logo daqui – respondeu Arthur tirando a espada das mãos da princesa.

Ele ergueu a arma por cima da cabeça e golpeou com força a junta da noz, que se partiu ao meio. As duas metades começaram a flutuar. Selenia e Betamecha ficaram dentro de uma das cascas e Arthur ficou na outra. Arthur, por azar, ficou com a casca furada. Meio sem jeito, ele deu um sorriso amarelo para Selenia.

— Arthur! Faça alguma coisa! Nos ajude!

Mas os pensamentos de Arthur tinham outra lógica: quem estava afundando era ele; logo, quem deveria estar gritando por socorro também era ele. Porém a gentileza não tem limites.

— Não se afobem! Estou bem atrás de vocês! — gritou com a água batendo na cintura. — Conheço muito bem esse riacho. Ele faz uma curva para a direita mais adiante! Eu vou alcançar vocês!

— Um riacho? — falou Selenia confusa, perguntando-se se Arthur não estaria zombando dela.

— Estou chegando! — gritou o menino como se estivesse dizendo adeus, jogando-se na água e nadando até a margem.

— Esse cara é maluco! — constatou Betamecha quando viu o amigo se jogar na água.

Arthur conseguiu alcançar a margem e desapareceu imediatamente no meio da folhagem.

Selenia e Betamecha abraçaram-se para lutar contra o medo.

— Eu não quero morrer! — choramingou Betamecha com voz trêmula.

— Fique calmo, tudo vai dar certo — respondeu Selenia acariciando a cabecinha do irmão.

— Você acha que ele vai nos abandonar? — perguntou o minimoy.

Selenia pensou por um momento.

— Não sei, não conheço os humanos muito bem, mas pelo pouco que sei... é muito provável que sim.

– Você tem certeza? – perguntou o príncipe, apavorado.

– A não ser que... a não ser que ele esteja apaixonado – acrescentou Selenia, como se aquela fosse uma hipótese pouco provável.

Arthur corria o mais depressa que podia, saltando por cima dos galhos, pisoteando a folhagem, evitando os insetos. Nenhum obstáculo conseguia detê-lo, nem mesmo uma colônia de formigas, a qual ele atravessou como se estivesse acostumado a fazer isso todos os fins de semana.

Betamecha apertou a irmã ainda mais contra o peito.

– Senhor! Faça com que Arthur esteja apaixonado pela minha irmã! Ela é muito boazinha! Por favor!

Arthur corria como um louco, como se sua vida dependesse daquilo. Porém uma coisa era certa: o jovem estava apaixonado de verdade.

Ele conseguiu sair daquela selva em miniatura e chegar ao alto da ribanceira.

A casca da noz e seus ocupantes despontaram na curva do riacho.

Betamecha viu Arthur e apontou-o com o dedo.

– Selenia! Ele está apaixonado! – gritou todo feliz.

– Vamos com calma – disse a princesa com cautela.

Arthur, que não ouvira a conversa dos dois, correu na direção do riacho, ficou em pé em cima de um pedregulho e jogou-se pelos ares. Ele saltou como um campeão mundial de atletismo e até merecia uma chamada no noticiário das oito. Quanto à aterrissagem, esta exigiria uma imediata troca de canal.

Arthur caiu no fundo da noz de forma estabanada, derrubando seus companheiros no chão como uma bola derruba os pinos no boliche.

— Desculpem — disse, passando a mão na cabeça.

— A amor nos dá asas — constatou Betamecha esfregando as costas.

— Estão vendo? Eu não os abandonei! — exclamou Arthur com uma ponta de orgulho.

— Maravilhoso! Agora, em vez de morrerem dois, morrerão três! — respondeu a irônica princesa.

— Ora, Selenia. Ninguém vai morrer! Este riachozinho não vai nos assustar, não é mesmo? — respondeu Arthur.

— Mas isso não é um riachozinho, Arthur! É um rio selvagem, e aquilo lá no final, lá embaixo, são as Cataratas de Satã! — gritou a princesa.

Arthur olhou a jusante e ouviu um rumor que parecia vir dos infernos. A umidade, que aumentava rapidamente, já estava quase a 100%.

— Eu... eu não sabia que aquilo se chamava assim — gaguejou Arthur.

As Cataratas de Satã rugiam cada vez mais próximas, até que ficaram visíveis: eram gigantescas e certamente mereciam aquele nome. Perto delas, as Cataratas do Niágara pareciam água em conta-gotas.

Arthur estava petrificado, mas a noz não.

— Muito bem! Você não tem outra idéia antes de morrer? — perguntou Selenia, dando uma cotovelada nele.

Arthur acordou de repente. Olhou em volta, pensou alguns segundos, até que, de súbito, viu um tronco de árvore atravessado no riacho e preso a uma das margens um pouco antes das cataratas.

— Você tem uma corda nesse seu canivete de trezentas funções? — perguntou para Betamecha.

— Não, este é o mais simples da série.

Arthur examinou Selenia da cabeça aos pés. Principalmente o decote.

— Tive uma idéia! Não se mexa — disse para a princesa, começando a desamarrar o cordão da parte de cima da blusa dela.

— Ele está realmente apaixonado! — exclamou o irmão de Selenia.

A princesa deu um violento tapa na mão de Arthur.

— Não pense que pode fazer qualquer coisa só porque vamos morrer — disse indignada.

— Não é nada disso! Não é o que você está pensando! — protestou o menino, tentando desfazer o mal-entendido. — Eu preciso do cordão para subir naquela árvore. É a nossa única chance.

Selenia hesitou, mas deixou-o terminar. Arthur puxou o cordão de uma só vez. Selenia cruzou os braços na frente do peito para não deixar os seios à mostra. Bem, é verdade que na idade dela não havia muito que ver, mas tratava-se de uma questão de princípios: princesas não fazem *topless*.

Arthur pegou a espada mágica e amarrou o cordão rapidamente em volta do punho.

– Betamecha, você pula primeiro e Selenia depois. Vocês precisam ser bem rápidos, porque teremos apenas alguns segundos – avisou Arthur brandindo a espada.

– Você tem certeza do que está fazendo? – perguntou Selenia, preocupada.

– Bem... não pode ser mais difícil do que jogar dardos – respondeu apontando a espada para a árvore.

Arthur preparou-se e arremessou a arma com toda a força. A lâmina cortou o espaço, seguida de perto pelo fio de Ariadne. Na verdade, parecia mais um foguete.

A espada plantou-se bem no meio do tronco da árvore.

– Yes! – exclamou Arthur, rodopiando os braços em sinal de vitória.

Seus dois companheiros olharam espantados para ele, estranhando aquela ginástica quase primitiva. A noz aproximou-se rapidamente do tronco da árvore.

– Betamecha! Prepare-se! – avisou Arthur.

Ele mal acabara de esticar o cordão e Betamecha já estava sobre sua cabeça, subindo pela corda como um macaco.

Arthur equilibrou-se como pôde em cima da noz, que fazia tudo para voltar para o meio do riacho.

Betamecha escalou de quatro o tronco até chegar à terra firme.

– Sua vez, Selenia! – berrou o menino por cima do rugido ensurdecedor das cataratas.

Selenia não reagiu. Estava paralisada com a visão de tanta água.

– Selenia, anda! Depressa! Eu não vou agüentar por muito tempo! – gritou Arthur, que prendia a corda com as mãos e a noz com os dois pés.

Selenia agarrou o cordão com as mãos, embora não as tirasse do peito, e começou a subir. Enquanto subia, enfiou um dos pés bem na cara de Arthur.

– Ixo mechmo! Bai, Felenia! – disse Arthur, sob o pé que amassava sua boca.

Selenia alcançou o topo e agarrou-se à espada fincada na posição horizontal.

Completamente exausto, Arthur soltou os pés da casca de noz, que se afastou velozmente. Sacudido pelo movimento das águas, o menino subiu pela corda com muita dificuldade.

A noz mergulhou nas Cataratas de Satã, e podemos imaginar o que teria acontecido a Arthur e seus companheiros se estivessem dentro dela.

Selenia subiu no tronco e o atravessou com muito cuidado até conseguir pisar em terra firme.

Arthur reuniu o pouco de energia que lhe restava para conseguir se acomodar no tronco da árvore.

Esgotado, ficou um instante ajoelhado tentando recuperar o fôlego. Selenia estava um pouco mais adiante, em cima de um galho que ficava exatamente sobre um pequeno lago de águas tranqüilas. Betamecha estava perto torcendo sua camisa encharcada. Arthur arrancou a espada do tronco da árvore e se aproximou de Selenia.

– Você está bem?

– Vou ficar melhor quando você devolver o meu cordão – respondeu secamente a princesa, com as mãos cruzadas por cima do peito.

Arthur começou a soltar o nó do cordão preso ao punho da espada.

– Puxa, quase morri de medo – confessou Betamecha, felicíssimo por estar novamente em terra firme.

Selenia deu de ombros, como se quisesse minimizar a aventura.

– Não vamos exagerar. Foi apenas um pouco de água – disse sem enganar ninguém.

Como se quisesse castigá-la, o céu decidiu quebrar o pequeno galho, e a princesa mergulhou em cheio dentro do lago.

– Arthur, socorro! Não sei nadar! – gritou apavorada, agitando os braços como um passarinho que está aprendendo a voar.

Arthur encheu-se de coragem e seguiu seu coração. Subiu no galho e deu um mergulho perfeito de cabeça. Infelizmente o lago era raso, e nosso herói bateu com a cabeça no fundo.

– Ele com certeza está apaixonado – repetiu baixinho Betamecha, compartilhando as dores do amigo.

Arthur levantou-se com uma das mãos massageando a cabeça. A água alcançava seus joelhos, e a princesa continuava se debatendo.

– Mas... Selenia! Aqui é raso! Dá pra ficar em pé!

Selenia foi se acalmando aos poucos quando percebeu que seus pés de fato tocavam o fundo do lago. Cautelosa, ficou em pé com a água batendo na altura da panturrilha.

– Afinal... é só um pouco de água – repetiu Betamecha, que nunca perdia uma ocasião para mexer com a irmã.

– Me dá meu cordão! – pediu Selenia tão envergonhada como um cachorro molhado.

Ela o arrancou das mãos de Arthur e virou-se de costas para que ninguém a visse.

– É a segunda vez que ele salva sua vida hoje! – disse Betamecha jogando mais lenha na fogueira.

– Ele fez apenas o que qualquer cavalheiro faria em seu lugar – respondeu a princesa com o mesmo orgulho de sempre.

– Talvez... mas... eu acho que isso merece... uma palavrinha de agradecimento, não é? – insinuou o irmão.

Arthur fez sinal para que ele esquecesse. As honras são sempre embaraçosas. Mas Betamecha continuou insistindo e cutucando a irmã no ponto em que mais doía a ela.

Selenia acabou de amarrar o cordão e aproximou-se de Arthur, que ficou todo tímido. De frente para o seu salvador, ela tirou a espada das mãos dele.

– Obrigada! – agradeceu secamente, passando na frente dele e se afastando.

Betamecha encolheu os ombros e sorriu.

– As princesas são assim mesmo – disse para Arthur, que parecia estar mais perdido no labirinto do comportamento feminino do que nas águas do furioso riacho.

capítulo 14

A avó de Arthur abriu a porta e afastou-se para deixar os dois policiais entrarem. Estavam uniformizados, mas seguravam os quepes na mão respeitosamente.

– Meu marido desapareceu há mais de três anos, e agora meu neto... eu não vou conseguir sobreviver a tantas desgraças – disse a senhora torcendo o lenço de renda entre as mãos.

– Acalme-se, madame Suchot – respondeu Martim com a mesma gentileza de sempre. – Deve ter sido apenas uma escapadinha. Os últimos acontecimentos devem ter perturbado o menino. Tenho certeza de que Arthur não está longe – disse, olhando para a linha do horizonte, quando teria sido suficiente ter simplesmente olhado para baixo, para o gramado.

– Vamos procurar o garoto, e tenho certeza de que o encontraremos. A senhora pode contar conosco!

Durante alguns segundos, o policial assemelhou-se ao patrulheiro que Arthur inventara, aquele que percorria as trincheiras, orgulhoso como um herói de uma série da televisão. Vovó sentiu-se um pouco mais aliviada e suspirou.

— Eu agradeço...

Os policiais despediram-se educadamente, colocaram os quepes e voltaram para o carro-patrulha.

A avó fez um pequeno gesto de adeus quando o carro se afastou da casa. O ronco do motor ressoou no chão fazendo a grama vibrar. Quando se é do tamanho de um minimoy, a simples partida de um carro é sentida como um terremoto distante.

— O que foi isso? — perguntou Arthur, preocupado.

— Humanos — respondeu laconicamente Selenia, habituada àquela situação.

— Ah... — murmurou Arthur, sentindo-se um pouco culpado.

Ele jamais imaginara os danos que um ser humano podia causar aos minimoys com simples hábitos cotidianos.

Enquanto isso, Betamecha desdobrara o mapa, que estava todo molhado e desbotado.

— Droga! Não dá para ver mais nada! E agora? — perguntou o príncipe.

Arthur ergueu o rosto para o céu.

— O Sol está ali e a cisterna fica ao norte. Então precisamos ir para... lá — disse apontando o caminho com o braço estendido. — Confiem em mim! — acrescentou com uma pretensão recém-nascida.

Afastou três folhas de grama, começou a caminhar e caiu dentro de um buraco gigantesco. Uma verdadeira cratera. Felizmente conseguiu agarrar-se a uma raiz, o que evitou uma queda de mais de cem metros. Aliviado, escalou a raiz até alcançar a borda da cratera.

– O que foi isso? – perguntou Arthur, completamente desnorteado por aquela cavidade enorme.

– Humanos de novo – repetiu Selenia com tristeza. – Até parece que eles querem acabar com a gente. Ontem eles cavaram dezenas de buracos por todo o território.

Eram os buracos que Arthur cavara em sua caça ao tesouro. Ele gostaria de pedir desculpas pelo que fizera, mas estava sem coragem de confessar que era o culpado.

Do outro lado do buraco, uma colônia de formigas abrira um caminho até o fundo da cratera. Todas carregavam um grande saco de terra nas costas.

– Elas terão de trabalhar pelo menos um mês para consertar e reconstruir o formigueiro – comentou Selenia.

– Se pelo menos a gente soubesse por que esses idiotas cavaram tantos buracos! – acrescentou Betamecha, aborrecido.

Arthur não sabia o que dizer. Gostaria tanto de explicar que 'os idiotas'... era ele.

– Não seja estúpido, Beta! Os humanos nem sequer sabem que a gente existe. Eles não podem saber os danos que nos causam – explicou Selenia com extrema tolerância.

– Mas saberão logo – interveio Arthur. – Este tipo de desastre não acontecerá nunca mais. Eu garanto que não!

– Veremos... – respondeu Selenia, desconfiada por natureza. – Venham. Está anoitecendo e precisamos encontrar um lugar pra dormir.

A luz alaranjada do fim do dia tingira a paisagem quase de uma única cor. Mas, talvez influenciado pela noite, o céu ainda conservava um azul profundo.

O pequeno grupo aproximou-se de uma papoula solitária, da cor do sangue.

Betamecha pegou seu canivete multifuncional.

– Onde será que está a megacola? – perguntou abrindo e fechando todos os lados do canivete.

Apertou um botão e uma chama imensa saiu do canivete. Arthur mal teve tempo para se abaixar, pois a chama passou rente à sua cabeça.

– Xiii!!! – exclamou Betamecha tentando se desculpar.

– Me dá isso, senão você vai acabar machucando alguém! – reclamou Selenia, arrancando o canivete das mãos do irmão e começando a procurar a megacola.

– Eu tenho esse canivete há pouco tempo. Ganhei no meu último aniversário – explicou o minimoy.

– Quantos anos você tem? – perguntou Arthur.

– Trezentos e quarenta e sete anos. Mais dez anos e serei maior de idade – respondeu o príncipe, todo contente.

A máquina de somar de Arthur deu um nó.

Selenia apertou o botão certo, e um jato de megacola grudou em uma das pétalas da papoula. O Homem-Aranha não teria feito melhor.

Ela tirou uma picareta do canivete e fincou-a no chão. Um pequeno mecanismo entrou em ação, enrolando o fio que se estendia da pétala e puxando-a até ela ficar como a ponte levadiça de alguma fortaleza.

Arthur continuava fazendo seus cálculos.

– E Selenia? Qual a idade dela? – perguntou tentando entender.

– Quase mil anos, a idade da razão – respondeu Betamecha com uma ponta de inveja. – Ela faz aniversário daqui a dois dias.

Arthur, que estava tão orgulhoso de ter completado dez anos, não entendia mais nada.

A pétala, que terminara de abrir, inclinou-se para que Selenia pudesse subir por ela e entrar na flor. Uma vez lá dentro, ela juntou os estames e, com a espada, cortou-os pela base. Depois os sacudiu até que todas as bolinhas amarelas se soltassem e formassem um confortável colchão.

Arthur acompanhava aqueles movimentos espantado.

Selenia jogou fora os cabos dos estames e ajudou os dois meninos a subir pela pétala. Betamecha jogou-se em cima da cama de bolinhas amarelas.

– Estou morto de cansaço! Boa noite! – disse, virando-se de lado e imediatamente adormecendo.

Arthur quase não conseguia acreditar no que via. Aquele minimoy certamente não precisava das gotas para dormir da avó!

– Ele tem o sono fácil – comentou o garoto.

– Ele é jovem – respondeu Selenia.

– Trezentos e quarenta e sete anos, não é nada mal!

Selenia tirou outra bolinha luminosa da mochila do irmão, sacudiu-a para que acendesse e soltou-a no ar.

– E você? É verdade que vai fazer mil anos daqui a dois dias?

– É – respondeu a princesa enquanto cortava o fio de megacola com um golpe da espada.

A pétala voltou à posição original e fechou a flor. No interior o ambiente era aconchegante, a luz, agradável, e o clima...

mais romântico impossível. Se Arthur se chamasse Roberto Carlos, ele teria começado a cantar.

Selenia espreguiçou-se e deitou na cama de bolinhas amarelas, como os gatos se deitam em cima do tapete.

Arthur, que estava maravilhado mas um pouco tonto e perdido com todas aquelas novidades, sentou-se devagar ao lado da princesa. Selenia falou como se estivesse mergulhada em seus pensamentos.

– ... Daqui a dois dias sucederei meu pai, e caberá a mim governar o povo minimoy até meus filhos completarem mil anos e me sucederem. Assim é a vida nas Sete Terras.

Um pouco sonhador, Arthur ficou calado. Mas depois perguntou:

– Só que... para ter filhos... é preciso um marido!

– Eu sei. Mas eu ainda tenho dois dias para encontrar um. Boa noite! – respondeu Selenia, virando-se de costas.

Arthur ficou ali sentado como um idiota, com mil perguntas na cabeça. Debruçou-se um pouco sobre ela para ver se estava dormindo. Selenia já ronronava.

O menino suspirou e deitou-se ao lado da princesa, o que, pensando bem, já era alguma coisa. Enfiou as mãos atrás da nuca e deixou um largo sorriso embelezar seu rostinho.

Já era quase noite. As primeiras estrelas cintilavam. No meio daquela floresta, que começava a adormecer, havia apenas aquela papoula luminosa que brilhava como um farol em uma costa invisível.

O canivete de Betamecha também brilhava ao luar à espera do amanhecer.

Subitamente uma mão apareceu e agarrou o canivete. Uma mão enrugada. Uma mão que dava medo. A noite escureceu mais ainda e encobriu a fuga do ladrão.

A avó de Arthur saiu para a soleira segurando uma lanterna com uma vela acesa no interior.

Com o auxílio daquela luz fraca vasculhou a noite, mas tudo estava mudo ao redor, e não havia o menor sinal de Arthur.

Resignada, pendurou a lâmpada no gancho acima da entrada e voltou para dentro da casa, muito infeliz.

Ao longe, os primeiros raios de sol começaram a iluminar as colinas escuras.

capítulo 15

O dia também amanhecia na Primeira Terra dos Minimoys, e um raio de sol acariciou a parte superior da papoula.

Selenia acordou e espreguiçou-se como um felino. Depois, pulou da cama e deu um chute em cada garoto.

– Todos de pé! A estrada é longa! – gritou, e a papoula ecoou suas palavras.

Cheios de sono, os dois meninos acordaram com dificuldade. O corpo de Arthur doía todo como recordação de um dia cheio de experiências ricas, porém complicadas.

Selenia empurrou uma das pétalas com o pé, e a luminosidade do dia invadiu o interior da papoula. Os dois garotos viraram de costas para fugir da claridade intensa.

– Muito bem, então vamos usar outro método – decidiu a princesa.

Ela deu um pontapé em Betamecha e o expulsou da cama sem dó nem piedade, até ele escorregar pela pétala e cair no chão, no que foi seguido por Arthur. Em seguida, ela também escorregou pela pétala, como se descesse por um tobogã.

— Todos para o chuveiro! — ordenou, demonstrando que estava em plena forma.

Arthur levantou-se do chão como um velhinho.

— Não é fácil acordar assim logo cedo — queixou-se. — Lá em casa, minha avó me traz o café na cama todos os dias.

— Aqui apenas os reis são servidos na cama. E, pelo que eu sei, você não é nenhum rei.

O rosto de Arthur ficou todo vermelho, como se tivesse respondido 'mas vou ser' sem querer, porque, em seu íntimo, ele sonhava ser rei um dia. Não por causa do poder ou de outros privilégios nos quais ele não estava nem um pouco interessado, mas apenas para ter a felicidade de ser o marido daquela que seria, em dois dias, a rainha do lugar.

— Não reclame — avisou Betamecha. — Há trezentos anos que ela me acorda com pontapés!

Selenia colocou-se debaixo de uma gota pendurada na ponta de uma folhinha, pegou um dos espinhos que prendiam seu cabelo e a furou. Um fio de água começou a escorrer. Ela colheu a água nas mãos em concha e lavou o rosto.

Arthur observava a cena divertido. Isso era um pouco diferente do banho de chuveiro de todos os dias e da cortina do banheiro que sempre grudava no corpo. Ele viu outra gota, um pouco maior do que a de Selenia, pendurada na ponta de outra folha, e colocou-se imediatamente embaixo dela.

— Você não devia ficar debaixo dessa — aconselhou a princesa.

— Não? Por quê? — perguntou Arthur espantado.

– Porque está madura – respondeu Selenia. No mesmo instante, a gota soltou-se da folha e caiu inteirinha em cima de Arthur.

O menino ficou preso sob aquela imensa massa gelatinosa da qual não conseguia se soltar. Parecia uma mosca tonta presa debaixo de um pudim.

Betamecha não parava de rir.

– Você foi pego como um principiante! – disse às gargalhadas.

– Pára de rir como uma baleia de boca aberta e vem me ajudar! Não consigo sair daqui! – gritou Arthur.

– Estou chegando! – respondeu o pequeno príncipe, saltando com os pés juntos em cima da gelatina, como se fosse uma cama elástica.

Sem parar de pular, começou a cantar uma cantiga de roda muito popular entre os minimoys:

> *Estou presa, meu bem, estou presa,*
> *Estou presa por um cordão.*
> *Me solte, meu bem, me solte,*
> *Me solte, meu coração.*

Selenia só permitiu que ele cantasse a primeira estrofe. Ela tirou a espada da bainha e cortou outra gota, que arrebentou em cheio em Betamecha. Este caiu montado em cima de Arthur. Para aquele dia, os dois meninos já estavam lavados até os ossos.

– Estou morrendo de fome! E você? – perguntou Betamecha a Arthur como se nada tivesse acontecido.

– Comeremos mais tarde – intrometeu-se Selenia, enfiando a espada novamente na bainha e começando a caminhar.

Betamecha colocou a mochila nas costas e foi buscar o canivete onde a irmã o deixara.

– Cadê meu canivete? Meu canivete sumiu! – gritou preocupado. – Selenia! Roubaram meu canivete!

– Que bom! Assim você não machucará ninguém – respondeu a irmã de longe.

O pequeno minimoy ficou furioso, mas resignou-se com a perda e foi atrás dos companheiros.

Vovó apareceu na soleira da porta principal da casa. A bela luz do sol iluminava tudo em volta, mas nem sinal de Arthur.

As garrafas de leite também não estavam lá. Em seu lugar havia um bilhete, que a mulher pegou e leu:

Prezada senhora, sua conta apresenta um débito. Por isso, nos vemos obrigados a interromper o fornecimento de leite enquanto não houver a liquidação do saldo devedor. Sinceramente, Emile Johnson. Diretor da Companhia de Leite Davido Ltda.

Vovó deu uma risadinha, como se a assinatura no bilhete não fosse nenhuma surpresa para ela.

Conformada, tirou a lamparina com a vela completamente derretida do gancho e voltou para dentro de casa.

* * *

Betamecha pegou uma bolinha vermelha e a engoliu. O rapazinho estava mesmo faminto.

Arthur também pegou uma e a examinou um pouco desconfiado.

– É meu prato preferido – disse o pequeno príncipe de boca cheia.

Arthur cheirou a bolinha ligeiramente transparente e deu uma mordida. O gosto era um pouco açucarado e um tantinho ácido. Ela derretia na boca como um malvavisco levíssimo. Arthur adorou e deu outra mordida.

– Mmm! Isso é muito bom – disse também de boca cheia.

– O que é?

– São ovos de libélula – respondeu Betamecha.

Arthur engasgou e cuspiu tudo, com nojo.

Betamecha riu e serviu-se de outro ovinho.

Um pouco mais longe, Selenia, que entrara por um caminho desconhecido, deu um grito.

– Venham ver!

Ainda tentando se limpar da comida que cuspira, Arthur foi ao encontro dela. Betamecha pegou um cacho de ovos de libélula e correu atrás dele.

Selenia estava na beira de um grande desfiladeiro escavado por mãos humanas. Ao longo de todo o canal, os humanos haviam plantado, na vertical e em espaços regulares, enormes tubos de listas brancas e vermelhas.

Arthur quase enlouqueceu quando viu aquele horror... que ele mesmo fizera.

Era seu canal de irrigação todo espetado com canudinhos. Ele nunca poderia imaginar que a construção pudesse ser tão feia vista de baixo.

– Que horror! – exclamou Betamecha. – Os humanos são mesmo uns loucos!

– Eu concordo que daqui não é muito bonito – disse Arthur, encabulado.

– Alguém sabe para que serve isso? – perguntou Selenia com desdém.

Para tentar diminuir a culpa, Arthur sentiu-se na obrigação de dar uma explicação.

– É um sistema de irrigação. Serve para transportar água.

– Água? De novo? – exclamou Betamecha. – Assim vamos acabar afogados!

– Sinto muito, eu não sabia – confessou Arthur bem chateado.

– Você está dizendo que foi você que construiu essa coisa horrorosa? – perguntou o pequeno príncipe com uma careta de asco.

– Foi. Mas era para regar os rabanetes plantados na vala.

– Ah! Como se não bastasse todo o resto, vocês também comem essas coisas nojentas? Os humanos são realmente uns loucos!

Selenia mantivera a calma e examinava a construção sem manifestar nenhuma emoção.

— Bom, vamos torcer para que sua invenção não caia nas mãos de M., porque eu já consigo imaginar a utilidade que essa coisa teria para ele.

Arthur ficou tenso. Não só por causa daquilo que Selenia acabara de dizer, mas também pelo que ele vira atrás da princesa.

— Tarde demais — disse Betamecha, que vira a mesma coisa.

Selenia olhou para trás e deparou com um grupo de seídas que se aproximavam vindos do fundo do desfiladeiro. Alguns estavam montados nos musticos, enquanto outros vinham a pé e podavam os canudos com serras elétricas.

Depois de serrados, os canudinhos tombavam no chão e rolavam até um riacho que passava no meio do desfiladeiro, caíam nas águas e iam embora como se fossem troncos de árvores.

Os três meninos se esconderam atrás de um arbusto para observar as manobras.

— O que será que vão fazer com meus canudinhos? — perguntou Arthur.

— Na minha opinião, só pelo fato de tirarem isso daqui já é uma notícia boa — respondeu Betamecha.

Selenia deu um peteleco na cabeça do irmão.

— Pense antes de dizer bobagens! Eles sabem que os minimoys não sabem nadar e descobriram um meio de transportar o líquido para onde bem quiserem. — Seu olhar ficou sombrio, como se pensamentos obscuros deslizassem no fundo dos olhos. — E para onde você acha que eles vão levar a água? — perguntou ao irmão, embora já soubesse a resposta.

Um seída serrou outro canudo, que tombou no solo com um barulho ensurdecedor.

– Para nossa aldeia! – exclamou Betamecha. – Mas isso é horrível! Todos vão morrer afogados! E tudo por causa da invenção do Arthur!

O menino sentia-se tão culpado que mal conseguia respirar. Sentiu um nó no estômago. Levantou-se com os olhos cheios de lágrimas e dirigiu-se para o riacho.

– Aonde você pensa que vai? – sussurrou Selenia para que os seídas não a ouvissem.

– Consertar as besteiras que eu fiz – respondeu Arthur com muita dignidade. – Se o que você disse for verdade, os seídas vão levar os canudinhos para Necrópolis. E eu vou junto! – disse decidido, saindo do meio da folhagem com um pulo e jogando-se dentro do canudinho que acabara de ser serrado.

Ocupados com aquele trabalho sujo, os seídas não viram nada.

Arthur acenou com a mão para seus companheiros o seguirem.

– Esse garoto é louco de verdade! – constatou Betamecha.

– Ele pode ser louco, mas está certo. Os canudos vão para a Cidade Proibida, e nós também! – afirmou Selenia saltando do esconderijo e jogando-se dentro do canudo.

Os seídas continuavam ignorando o que estava acontecendo e se aproximavam cada vez mais à medida que serravam os canudos.

Betamecha suspirou: ele não tinha outra escolha a não ser ir atrás daqueles dois.

– De vez em quando eles bem que poderiam pedir a minha opinião! – reclamou e saiu correndo para se juntar aos companheiros.

Os seídas aproximaram-se do canudinho ocupado pelos fugitivos e empurraram-no a golpes de pontapés até o riacho. O canudo caiu na água e começou a flutuar. No interior, os três ocupantes começaram a rodopiar em todas as direções e entraram em pânico.

– Estou de saco cheio desses meios de transporte! Ai que dor nas costas! – queixou-se Betamecha.

– Pare de reclamar e passe os muf-mufs para cá – ordenou a irmã.

– Se for para enfiá-los na minha boca, esquece!

– Passe os muf-mufs para cá! – repetiu a princesa com autoridade.

Betamecha resmungou, mas tirou dois muf-mufs da mochila e entregou-os à irmã.

– Vamos tapar os buracos – explicou Selenia enfiando uma bola em cada abertura do canudo.

– E agora as pastilhas de flamando, anda, depressa!

Betamecha pegou a sarbacana, enfiou uma pequena pastilha branca dentro dela e soprou o tubo na direção do muf-muf enfiado em uma das pontas do canudinho. O muf-muf logo ficou roxo, inchou e endureceu. Ele repetiu a operação na outra extremidade. Agora o canudo estava completamente vedado e à prova d'água.

Selenia esfregou as mãos satisfeita.

– Agora a água não vai entrar mais!

– E vamos poder viajar em paz! – acrescentou Betamecha deitando-se no fundo do canudinho.

Entretanto a viagem não iria seguir tranqüila por muito tempo: o riacho desembocou em um rio enorme, que aumentava de volume sem parar.

– Esquisito... que barulho abafado é este? Parece que está aumentando... – comentou Arthur.

Selenia apurou os ouvidos. Realmente havia um rumor diferente, um fundo sonoro, uma espécie de vibração quase imperceptível.

– Você, que sabe tudo, também sabe para onde vai esse riacho? – perguntou Selenia a Arthur.

– Não sei ao certo, mas todos os rios acabam se encontrando e terminam sempre no mesmo lugar, nas...

Só então Arthur percebeu o que acabara de dizer.

– Nas Cataratas de Satã!!! – gritaram ao mesmo tempo os três.

Era o fim da viagem. Os primeiros canudos começaram a cair pela grande queda d'água.

– Você sempre tem ótimas idéias – falou Selenia com ironia.

– Eu não imaginei que...

– Ora! Da próxima vez pense antes de agir! – gritou Selenia. – Betamecha! Vê se acha alguma coisa na mochila. Precisamos sair daqui!

– Estou procurando! Estou procurando! – respondeu o menino esvaziando a toda a velocidade a mochila carregada de objetos inúteis.

– Não sei por que vocês estão tão apavorados – disse Arthur.

– Com os muf-mufs bloqueando as duas extremidades não vai acontecer nada. Além disso, as cataratas não são tão perigosas assim. Elas não têm mais do que um metro de altura.

O canudo estava pendurado na beira da monstruosa catarata, que tinha mais de mil metros de altura, na proporção minimoy. O tubo inclinou-se lentamente para a frente e mergulhou no vazio.

– Mamãããeee!!! – gritaram os três em uníssono, mas o barulho ensurdecedor da água abafou o grito.

Depois de um mergulho de alguns segundos, tão longos quanto minutos, o canudo foi parar no meio de um turbilhão de espuma. Desapareceu, reapareceu, rolou sobre si mesmo, até que, carregado pela correnteza, parou em um pequeno lago de águas plácidas.

– Detesto os transportes públicos! – reclamou Betamecha arrumando a mochila pela centésima vez.

– Agora que as cataratas ficaram para trás, a viagem vai ser muito mais tranqüila – garantiu Arthur.

Inúmeros canudinhos estavam espalhados no meio do lago, que parecia calmo demais para ser verdade.

De fato, pois de repente uma criatura saltou em cima do canudo onde estavam os três, como se fosse um automóvel caído do céu.

Como o canudinho era transparente, eles conseguiram ver a forma dos pés. E, considerando a pavorosa aparência daquela criatura, tinham mesmo que ficar preocupados.

– O que foi isso? – perguntou Betamecha, que estava no fundo do canudo, paralisado de medo.

– Como é que vou saber? – respondeu Selenia irritada.

– Quietos! – murmurou Arthur. – Talvez se ficarmos quietos essa coisa vá embora.

Arthur tinha razão, mas apenas por três segundos: uma serra elétrica começou a serrar o canudo perto de Selenia, e ela se pôs a gritar.

E foi o caos: o barulho era insuportável e as lascas do plástico começaram a se espalhar por todos os lados. O canudinho flexível foi amputado bem na altura do pequeno acordeão que permitia dobrá-lo, situado a dois terços da ponta.

Os três meninos correram de quatro até a outra ponta, mas a criatura pulou em cima deles e os obrigou a dar meia-volta.

Agora eles estavam dentro do pequeno pedaço flexível que correspondia ao acordeão do canudo. Estavam à beira da água, à beira do fim...

A criatura recomeçou a serrar exatamente na parte onde estava o acordeão. Ela soltou o pedacinho enrugado onde os três amigos se escondiam, e aquela parecia ser a única parte do canudo que a interessava.

Os três minimoys estavam aterrorizados e se abraçavam tão apertados uns aos outros como os mul-muls.

A criatura continuava em pé sobre o pedacinho franzido de canudo. Tudo o que eles conseguiam enxergar era a parte inferior dos pés. Mas algo deve tê-la feito se mexer, porque agora eles viam a sombra dos joelhos e das mãos espalmadas: a coisa estava de quatro.

Uma cabeça apareceu em uma das aberturas do canudo... de cabeça para baixo. Longas tranças entremeadas de conchas pendiam no vazio.

Era um koolomassai. Ele parecia um Bob Marley em versão minimoy.

O koolo tirou os óculos de proteção, observou um instante os três meninos apavorados e abriu um grande sorriso, deixando à mostra os belos dentes brancos. Como ele estava de cabeça para baixo, o sorriso também estava ao contrário. Arthur não soube como interpretar aquele sorriso.

– O que estão fazendo aí dentro? – perguntou o koolomassai com o mesmo sorriso inicial.

Selenia hesitou em responder, especialmente porque um mustico estava vindo ao longe.

– Se os seídas nos encontrarem, não teremos o prazer de responder à sua pergunta – arriscou muito séria.

O koolomassai entendera a mensagem.

O seída estacionou seu mustico em cima do que restava do canudo.

– Algum problema? – perguntou para o koolomassai.

– Não, nenhum. Só estava verificando se o acordeão havia sido avariado – respondeu a criatura tranqüilamente.

– Nós só precisamos dos tubos. Esta parte não nos interessa – explicou o seída apontando para o acordeão.

– Mas isso vem mesmo a calhar! Porque para nós só interessa esse pedaço. Assim não vamos brigar – respondeu o koolo, bem-humorado.

Em geral, os seídas não apreciam nenhum tipo de humor.

– Anda logo. O mestre está esperando – ordenou o guerreiro, cujas paciência e inteligência pareciam limitadas.

– *No problema*! – respondeu o koolo servilmente. – Não se mexam – sussurrou aos três meninos –, depois eu venho buscar vocês!

E foi embora saltitando de um canudo a outro.

– Andem logo! O mestre está esperando! – gritou o seída para os companheiros espalhados em cima dos canudos que flutuavam no lago.

Para não contrariar o chefe, os operários fizeram de conta que concordavam, mas não se apressaram. Lembravam um pouco o jeito como os taxistas reduzem a velocidade quando estamos com muita pressa.

O koolo pegou uma longa vara e começou a empurrar os tubos para outro rio. À medida que os canudinhos passavam por ele, separava os pequenos acordeões e empurrava-os para a margem. Seguindo seu conselho, os três amigos continuaram no mesmo lugar.

Uma espécie de grua, feita de madeira e cipó, levantou o pedacinho enrugado do canudo e largou-o dentro de uma cesta enorme. O pequeno acordeão misturou-se com dezenas de outros, uma verdadeira colheita.

A cesta estava pendurada nas costas de um inseto gigantesco. Era um gamulo, uma espécie de escaravelho muito resistente, que às vezes era utilizado como burro de carga. O animal também era muito usado em expressões populares, como 'ele é teimoso como um gamulo' ou (como neste caso) 'ele está carregado como um gamulo'.

– Onde estamos? – perguntou Arthur, preocupado.

– Em cima do lombo de um gamulo. Por enquanto ficaremos escondidos aqui.

– Eles estão nos escondendo para nos trair depois! – afirmou Betamecha, desconfiado. – Não se pode confiar em um koolomassai! São os maiores mentirosos de todas as Sete Terras!

– Se ele quisesse nos denunciar, já teria feito – respondeu Selenia sempre com bom senso. – Eu acho que ele vai nos levar para um lugar seguro.

capítulo 16

Um alçapão metálico abriu-se no flanco da colina. O gamulo inclinou-se para trás e preparou-se para esvaziar o conteúdo dos cestos dentro de um buraco escuro, muito parecido com uma lixeira.

– Isso é o que você chama de lugar seguro? – perguntou Betamecha, pensando no que viria depois.

Dezenas de pequenos acordeões caíram dentro do buraco em uma confusão impressionante; não dá para imaginar como eles ficaram.

Os três rolaram pelo chão sombrio até parar. Tudo estava imóvel. O silêncio era total. E a inquietação também.

– Ele disse para não nos mexermos. Então, não vamos nos mexer. Vamos esperar até que venha nos buscar – ordenou Selenia.

Um braço mecanizado pegou o pequeno acordeão e colocou-o na vertical, apoiado na base. O pedacinho do canudo foi levado imediatamente por uma esteira rolante. Os três foram tão sacudidos que não sabiam mais em que posição ficar. O braço mecanizado retomou seu trabalho. Alinhou todos os pedacinhos dos canudos em cima da esteira rolante e levou-os embora.

Um pouco mais adiante, uma segunda máquina encaixou uma bola luminosa no centro de cada pedacinho de acordeão, como se fosse uma coroa interna, e Betamecha, Selenia e Arthur escaparam por pouco de serem 'coroados' também.

O pequeno acordeão foi iluminado no centro por uma luz alaranjada, e só então os três companheiros entenderam a utilidade da coroa.

A terceira e última máquina pegou os acordões, pendurou-os um por um em um fio que se desenrolou e formou um lindo cordão de lampiões listrados.

O fio continuou avançando em volta do que parecia ser o círculo de uma pista de dança. Na realidade, era um disco de 33 rpm que havia sido colocado dentro de uma antiga vitrola, a qual, por sua vez, servia de bar e danceteria.

A luz alaranjada dos lampiões conferia ao local um clima aconchegante, muito favorável a encontros românticos. Aliás, o lugar estava decorado com mesinhas próprias para isso.

Do lado direito da vitrola ficavam o braço do toca-discos, a agulha de safira e o DJ. Do lado esquerdo havia um bar imenso em plena atividade, e a maioria dos clientes era composta, é claro, de seídas do exército de M.

Agarrados dentro do lampião, Arthur e seus amigos observavam aquela danceteria esquisita.

– Eu não vou agüentar por mais tempo ficar pendurado deste jeito – avisou Arthur, exausto.

– Você quer ir até lá? – perguntou Selenia, apontando com a ponta do nariz para um grupo de seídas que acabara de entrar no bar.

– Eu agüento mais um pouco – respondeu Arthur, pensando melhor.

O koolomassai saiu por uma porta de serviço e caminhou até a pista de dança. Estava acompanhado pelo dono da danceteria, um koolomassai maior e mais musculoso do que ele, que usava o cabelo cacheado ao estilo dos rastafáris.

O koolo ergueu o rosto e examinou os lampiões um por um em busca dos fugitivos, que, pendurados em posições constrangedoras na parede do pequeno acordeão, eram fáceis de ser vistos por causa do plástico transparente.

– Tudo bem! Podem sair! – avisou o koolo sorrindo.

Arthur estava tão cansado que se deixou cair na pista de dança giratória, que era o próprio disco. Levantou-se um pouco desengonçado e, logo depois, Selenia caía em seus braços. Em seguida foi a vez de Betamecha, que, por sua vez, despencou nos braços da irmã. Arthur ficou um instante em pé, sorrindo bobamente com os dois pacotes nos braços, até que suas pernas cederam e os três caíram no chão.

– Você tem certeza de que estes são os três mercenários que os seídas estão procurando em todos os lugares? – perguntou o dono da danceteria, um pouco desconfiado.

– Eu... devia estar 'viajando' – admitiu o koolo.

— E você não sabe que só pode fumar a raiz e não a árvore toda?
— Hum... é mesmo? — respondeu o funcionário, um pouco indeciso.
— Pois é — respondeu o patrão. — Agora pode ir, eu cuido deles.

Ainda meio em dúvida, o koolomassai afastou-se, enquanto os três ficavam em pé. O dono da danceteria, então, mudou de expressão, exibindo um largo sorriso de vendedor de tapetes.

— Meus amigos! — cumprimentou-os abrindo os braços e deixando os dentes à mostra. — Sejam bem-vindos ao *Clube Jaimabar*!

Uma espécie de mosquito raquítico colocou quatro copos em cima da mesa.

— Joca Flamejante para todos? — perguntou o koolomassai, que parecia familiarizado com os pedidos dos clientes.

— Sim! Sim! Sim! — respondeu Betamecha, contentíssimo.

— Manda brasa, Joca! — ordenou o patrão.

O rasta-mustico enfiou sua tromba de quatro pontas diretamente nos copos. Um líquido vermelho saiu com pressão, espumou, esfumaçou e pegou fogo.

O dono da danceteria apagou as chamas como se soprasse em cima de espuma de cerveja.

— Longa vida às Sete Terras! — propôs, estendendo o copo para fazer um brinde.

Cada um apagou as chamas e levantou o copo para brindar. O dono da danceteria bebeu o drinque de uma vez, no que foi imitado por Selenia e Betamecha. Arthur não se mexeu. Primeiro ele queria ver os efeitos daquela bebida.

— Ah! Faz um bem! — exclamou Betamecha.

— Mata a sede — acrescentou Selenia.

— É a bebida preferida dos meus filhos — completou o dono da danceteria.

Os três rostos viraram-se para Arthur, que ainda não tocara no copo. Aquilo, para os presentes, era considerado quase um insulto.

— Às Sete Terras! — brindou finalmente, embora a contragosto.

Arthur esvaziou o copo de uma só vez, mas não deveria tê-lo feito: ficou vermelho como um pimentão. Ele acabara de engolir pimenta picadinha misturada a xarope de uísque, e a sensação era como se engolisse um vulcão. Começou a esfumaçar por todos os poros, como tivesse ficado doze horas dentro de uma sauna.

— ... realmente, mata a sede — disse em um fiapo de voz.

Betamecha passou o dedo no fundo do copo e lambeu.

— Tem um gostinho de maçã — comentou com um ar de grande conhecedor de bebidas.

— Aqui tem mais do que maçã — corrigiu Arthur, praticamente sem voz.

Um grupo de seídas aproximou-se da mesa. Pararam e olharam em volta como se estivessem à procura de alguém ou de alguma coisa. Selenia assustou-se e quase se enfiou debaixo da mesa.

– Não tenham medo – tranqüilizou-os o dono da danceteria. – São apenas recrutadores. Eles aproveitam o estado de embriaguez de alguns clientes para recrutá-los ao exército de M. Vocês não têm nada a temer enquanto estiverem comigo.

Os três se descontraíram um pouco.

– Por que os seídas ainda não aprisionaram seu povo como fizeram com todos os outros povos que vivem nas Sete Terras? – perguntou Selenia, um pouco desconfiada.

– Eu explico – respondeu o koolomassai. – Nós produzimos 90% do fumo de raiz. Como somos os únicos que fabricam os cigarros com esse fumo, e o exército seída não agüenta ficar nem um dia sem fumar, eles nos deixam em paz.

Selenia também ficou desconfiada daquele tipo de negócio.

– As raízes são de que planta?

– Depende: tília, camomila, verbena... tudo natural – afirmou o rasta com um sorriso estranho. – Vocês querem provar um? – ofereceu tão amavelmente como uma serpente que oferece uma maçã.

– Não, obrigada. Senhor...?

– Meus amigos me chamam Max – respondeu abrindo novamente o sorriso, o que deixou os 38 dentes à mostra. – E vocês, como se chamam?

– Eu sou Selenia, filha do imperador Sifrat de Matradoy, o 15º da dinastia dos Matradoy, e governador das Primeiras Terras.

– Puxa! – exclamou Max impressionado. – Vossa Alteza – acrescentou, inclinando-se para beijar a mão da princesa.

Selenia retirou a mão e apresentou seus companheiros.

— Este é meu irmão, Saimono de Matradoy de Betamecha, mas pode chamá-lo de Beta.

Arthur tinha bebido o suficiente para conseguir se apresentar sozinho.

— Eu sou Arthur! Da casa dos Arthures! Por que você cortou meus canudos? — perguntou tão direto quanto o Joca Flamejante permitia.

— Negócios! Foi uma encomenda dos seídas. Eles nos pediram para serrá-los e levá-los pelo rio Negro até Necrópolis.

Ao ouvirem essa notícia, os três meninos se aprumaram cheios de esperança.

— Mas é exatamente para lá que queremos ir! Você pode nos ajudar? — perguntou a princesa sem pensar duas vezes.

— O quê? Devagar, princesa! Necrópolis é uma passagem de ida sem volta. Por que querem ir para lá? — perguntou Max.

— Precisamos acabar com M. antes que ele acabe com a gente — respondeu Selenia.

— Só isso? — respondeu Max, um pouco surpreso.

— Só isso! — repetiu Selenia, mais séria do que nunca.

Max parecia preocupado.

— Mas por que M. quer acabar com vocês? — perguntou Max, que era curioso por natureza.

— É uma longa história — disse a princesa. — Eu preciso me casar e suceder meu pai, e M., o Maldito, é contra. Ele sabe que, quando eu subir ao trono, ele nunca mais poderá invadir nosso país. Assim está escrito na profecia.

Max parecia muito interessado, principalmente na primeira parte, a do casamento.
— E quem é o felizardo?
— Não sei. Ainda não escolhi — respondeu a princesa com altivez.

Max percebeu imediatamente que aquela era uma boa oportunidade para se candidatar à mão da princesa, e abriu um sorriso tão largo quanto falso. Arthur, por seu lado, percebeu a manobra (e os efeitos do Joca Flamejante).
— Um momento! Vamos devagar, companheiro! — disse, afastando-o com uma das mãos — Estamos aqui em missão. E nossa missão não terminou.
— Você tem a toda razão. Mas antes de irem embora vocês precisam recuperar as forças. Joca! Serve mais uma rodada! Essa é por conta da casa! — falou Max, para grande alegria de Betamecha.

Enquanto Joca, o rasta, enchia os copos, Max foi falar com o DJ sentado ao lado do braço da vitrola.
— TocaBaixo, bota essa gente pra dançar — mandou com certa urgência.

O DJ TocaBaixo virou-se para os fundos da vitrola e gritou para dois koolomassais meio sonolentos que fumavam seus cigarros de fumo de raiz.
— Acordem, rapazes! Botem pra quebrar! — gritou TocaBaixo.

Os dois rapazes desenrolaram o corpo lentamente e se espreguiçaram como um malvavisco. Em seguida, apanharam uma pilha gigantesca de 1,5 V e a empurraram até o recipiente para pilhas. Assim que a pilha foi encaixada no lugar certo, as luzes se acenderam e eles começaram a rodopiar pela pista de dança. O disco de 33 rpm começou a girar lentamente, e TocaBaixo colocou a agulha de safira em uma das faixas do disco. Nos Estados Unidos, aquele seria o momento em que as damas escolhem seus pares para dançar.

Max, que era um eterno conquistador, inclinou-se diante de Selenia.

– Princesa, quer me dar a honra desta dança? – perguntou como um cavalheiro.

Selenia sorriu, mas Arthur não.

– Selenia, ainda temos muito chão pela frente. É melhor a gente ir embora – disse o menino, preocupadíssimo com a concorrência.

– Cinco minutos de diversão não vão fazer diferença – respondeu a princesa, aceitando o convite de Max tanto por prazer como para provocar Arthur.

Max e Selenia foram para a pista e começaram a dançar ao som de um bolero.

– Beta! Faça alguma coisa! – rosnou Arthur, tão enciumado quanto um mul-mul.

Em resposta, Betamecha tomou outro trago do Joca Flamejante.

– O que você quer que eu faça? – perguntou, arrotando como um foguete. – Daqui a dois dias ela vai completar mil anos. Já está bem crescidinha!

Ressentido, Arthur não respondeu. Naquele momento Betamecha olhou para o bar e viu um koolomassai com um canivete na cintura.

— Mas... é o meu canivete! Ah, eu vou ter uma conversinha com aquele ladrão! — disse, levantando-se e caminhando com passos decididos em direção ao bar.

Arthur ficou sozinho. Ele estava tão desesperado e se sentia tão derrotado que pegou um dos copos da mesa e o atirou longe, para ver se conseguia esquecer mais depressa aquela cena.

capítulo 17

Max tentava apertar Selenia contra seu corpo, mas ela resistia gentilmente, como se fosse uma brincadeira de namorados. Olhou de relance para Arthur, que parecia completamente perdido e confuso, o que a deixou muito satisfeita. Um pequeno prazer de mulher.

– Sabe, princesa, não é fácil encontrar um marido hoje em dia – insinuou Max, usando toda a sua lábia de sedutor. – Se quiser eu posso ajudá-la.

– É muita gentileza sua, mas eu prefiro resolver isso sozinha – respondeu Selenia, divertindo-se muito com aquela situação.

– Eu gosto de ajudar as pessoas. É da minha natureza, sabe? E você chegou em boa hora. As coisas estão calmas. No momento só tenho cinco esposas.

– Cinco? Nossa! Elas devem dar muito trabalho, não? – perguntou Selenia com um sorriso e uma pontinha de preocupação no olhar.

– Dou um duro danado – garantiu Max. – Trabalho dia e noite, sete dias por semana, e nunca me canso.

Abandonado na mesa, Arthur olhava tristemente para a princesa, que dançava... com outro.

"Ora, ela é muito velha pra mim", pensou desanimado. "Mil anos! E eu só tenho dez! O que vou fazer com uma velha?"

Um seída-recrutador sentou-se na frente dele e tapou a visão que Arthur tinha da princesa.

– O que um garotão como você está fazendo com o copo vazio? – perguntou o seída, sorrindo como um caçador que farejou sua presa.

– Ele tem que ficar vazio pra ficar cheio de novo – respondeu Arthur, já meio bêbado.

O seída sorriu. Agarrara sua presa!

– Você é muito esperto! – o seída o cumprimentou. – Eu acho que vamos nos dar muito bem.

Sem tirar os olhos de Arthur, ele esticou o braço e gritou:

– Joca! Outra rodada!

No bar, Betamecha cutucou com tanta força o ladrão que roubara seu canivete que o seída acabou derramando o copo cheio de Joca Flamejante na roupa.

– Ei! Olha por onde anda! – reclamou o koolomassai irritado.

– Esse canivete é meu! Você o roubou! – vociferou Betamecha, ameaçador como um *pit bull*. – É o meu canivete! Eu o ganhei de presente de aniversário!

O koolomassai esticou o braço tentando manter o menino longe dele.

– É mesmo? Calma, enfezadinho. E se esse canivete for igualzinho ao seu?

– Eu tenho certeza de que é o meu canivete! Eu o reconheceria entre mil! Passa pra cá! – rosnou o minimoy.

Um seída aproximou-se deles. Pela postura militar devia ser sargento.

– Algum problema? – perguntou o militar com a arrogância de um comandante.

– Não, está tudo em ordem – garantiu o koolomassai derretendo-se todo.

– Não, não está tudo bem! – corrigiu-o Betamecha. – Ele roubou meu canivete!

O ladrão riu como se tudo não passasse de uma piada.

– Esse garoto é um brincalhão. Eu posso explicar, sargento.

Em um passe de mágica, o koolomassai tirou do bolso dois charutos de fumo de raiz.

– Aceita um cigarrinho? – ofereceu o espertalhão.

O sargento hesitou, mas não por muito tempo. Levantou a viseira do elmo e mostrou o rosto. Quando se via o rosto de seídas pela primeira vez, que, em geral, andavam com a viseira abaixada, sentia-se imediatamente que era dispensável tê-lo visto. Eles não tinham nada na cabeça: nem cabelo, nem sobrancelhas, nem orelhas, nem lábios. O rosto era todo redondo, e a pele tão lisa como uma rocha polida por séculos de erosão. Uma pedra multicolorida, corroída por doenças. Os dois pequenos olhos vermelhos eram quase tão opacos como os olhos daqueles que viram muitas guerras. Em resumo, eles eram horrorosos. O militar pegou o charuto e enfiou-o no biquinho que lhe servia de boca. O koolomassai acendeu imediatamente um fósforo com a unha e aproximou-o do charuto. O seída aspirou a fumaça lentamente e abriu um sorriso de meter medo.

Betamecha estava preocupado. Aquela história não iria acabar bem para ele.

Enquanto isso, Max se aproximara um pouco mais de Selenia.

— E então? O que acha da minha proposta? — perguntou tentando concluir o negócio.

— Ela não é má, mas casamento é algo muito importante e não pode ser decidido assim, de uma hora para outra — respondeu Selenia, tão brincalhona como um gato atrás de um rato.

— Então por que não fazemos uma experiência para ver se funciona?! Você vai ver: se experimentar, não vai mais querer me deixar.

Selenia, que estava achando aquele koolomassai pretensioso muito divertido, deu uma risadinha.

Ela lançou um olhar malicioso em direção a Arthur, mas ele não estava mais olhando para ela. Estava com o nariz enfiado em um contrato e se preparava para assiná-lo. O seída-recrutador entregou sua caneta ao menino. Arthur olhou para o copo que segurava em uma das mãos e para o cigarro de fumo de raiz que estava na outra. Decidiu começar pelo copo e bebeu o Joca Flamejante de uma só vez, sem fazer careta. Largou o copo em cima da mesa e pegou a caneta. Para facilitar a operação, o seída escorregou o contrato debaixo dela. Bem no instante em que Arthur ia assinar, a mão de Selenia o impediu.

— Com licença, mas eu quero dançar com ele antes que tire outra pessoa.

O seída não gostou muito daquela interrupção, porém Selenia já arrastava Arthur até a pista de dança e o apertava entre os braços.

– É muito gentil da sua parte conceder-me esta dança – disse Arthur, sorrindo como um beato.

– Você tem idéia do que ia assinar? – perguntou Selenia, mais irritada do que nunca.

– Não. Não muita, mas também não tem a menor importância – respondeu Arthur, flutuando nos vapores do Joca Flamejante.

– É assim que você acha que vai me seduzir? Você acha mesmo que eu me casaria com um homem que fuma, bebe e, ainda por cima, dança como um poste?

Arthur demorou alguns minutos até entender a mensagem. Quando entendeu, aprumou-se um pouco e controlou seus pés, que pareciam estar indo em todas as direções. Selenia não pôde deixar de sorrir diante dos esforços sobre-humanos do menino, que lutava como podia contra a embriaguez.

– Assim está melhor – aprovou.

TocaBaixo observava de longe o casal.

– Você vai deixar que aquele anão estrague seu negócio? – perguntou para Max, que também os observava.

– Um pouco de concorrência nunca fez mal a ninguém – respondeu Max sorrindo, muito calmo.

Arthur conseguira ficar um pouco sóbrio. A dança parecia mais íntima, e ele ousou fazer uma pergunta.

— Você... você acha realmente que... que eu tenho alguma chance? Apesar da nossa diferença de idade?

Selenia começou a rir.

— Na Terra dos Minimoys, contamos os anos de acordo com as eclosões de selenielas, a flor real. Como eu!

— É mesmo? Então... quantos anos eu tenho?

— Mais ou menos mil, como eu — falou a princesa, que estava achando tudo aquilo muito engraçado.

Orgulhoso com a maturidade repentina, Arthur inchou um pouco o peito. Ele tinha um monte de perguntas a fazer.

— E... antes, você era uma menina como eu? Isto é, eu sei que sou um menino. O que eu quis dizer é... se você era uma menina como as outras do meu mundo.

— Não. Eu nasci assim — respondeu Selenia, um pouco perturbada com a pergunta. — E nunca saí das Sete Terras.

Na voz da princesa havia uma ponta de arrependimento por não ter se arriscado antes, mas ela provavelmente jamais admitiria isso.

— Eu gostaria de levar você para conhecer o meu mundo um dia — afirmou o menino, um pouco triste com a idéia de ter de se separar dela, mesmo que fosse somente dali a mil anos.

Selenia sentia-se cada vez menos à vontade.

— E por que não? — respondeu com um ar de desdém, como se quisesse minimizar a importância daquela proposta. — Mas por enquanto não se esqueça de que temos uma missão a cumprir: Necrópolis!

A palavra ressoou na cabeça de Arthur e funcionou melhor do que um Alka-Seltzer.

O seída-recrutador que perdera o cliente voltou ao bar à procura de novas vítimas. Ele passou por Betamecha, que continuava discutindo com o ladrão e o sargento. O koolomassai estava contando uma história sem fim, do tipo marinheiro de primeira viagem.

— E aí, de repente, eu tropecei em cima do canivete, que estava cravado no chão. Claro que eu pensei imediatamente que era uma armadilha! — riu nervosamente, os pulmões cheios de fumaça do fumo de raiz. — Essa é boa! — exclamou, sem saber exatamente se estava falando da piada ou do cigarro que segurava na mão.

Desesperado, Betamecha suspirou. Ele não ia recuperar tão cedo o canivete que o seída rodopiava entre os dedos.

Enquanto isso, feliz da vida, o seída-recrutador foi embora com duas novas vítimas, que estavam bêbadas demais para ter consciência do que faziam. Selenia acompanhou-os com o olhar.

Foi então que ela teve uma idéia.

— Se seguirmos os seídas-recrutadores, chegaremos a Necrópolis em dois tempos!

Arthur agarrou a idéia com as duas mãos.

— É isso! — gritou. — Em dois tempos! Precisamos terminar nossa missão! — continuou, movido por um impulso patriótico e um resto de Joca Flamejante. — Quando chegarmos lá acharei meu avô, encontrarei o tesouro e, por último, darei uma surra naquele maldito do Maltazard que ele nunca mais esquecerá!

Quando Arthur pronunciou aquele nome, foi como se a Terra parasse.

TocaBaixo segurou o disco pela borda e parou a música. Cerca de vinte seídas voltaram-se bem devagar para o futuro cadáver, aquele que tivera a brilhante idéia de pronunciar tal nome.

O militar abaixou a viseira do elmo, a qual se encheu imediatamente de fumaça porque ele esquecera de jogar o cigarro fora.

— Xiiii! — murmurou Arthur, intimidado e consciente do que acabara de dizer.

— Eu não sei se você dará um bom príncipe, mas sei que você certamente é o rei das gafes! — reclamou Selenia, com um olhar carregado de recriminações.

Max sorriu.

— Parece que o clima vai esquentar — alegrou-se. — Hora do *show*!

Deu um sinal para TocaBaixo, que soltou o disco e empurrou a agulha de safira para uma das faixas. A música começou a tocar: era a trilha sonora do filme *Era uma vez no Oeste*.

Os seídas formaram um grupo e se aproximaram lentamente do casal, que começou a recuar. A coisa ia ficar preta no *saloon*.

— Arthur! Você tem três segundos pra ficar sóbrio!

— O quê? Está bem! Mas... como se faz pra ficar sóbrio em três segundos?

Selenia deu uma bofetada bem no meio da cara dele. O tipo de tapa que não gostaríamos de levar todos os dias. Arthur sacudiu a cabeça. Tinha a impressão de que os dentes flutuavam dentro da boca.

— Obrigado, passou.

— Ótimo! — respondeu Selenia, tirando a espada da bainha.

— E como vou lutar? — perguntou Arthur.

— Reze!

Selenia colocou-se em posição de defesa. A pista, que continuava girando, posicionou-os na frente de Max e do DJ.

—Ei, garoto!

Max pegou uma espada e jogou-a para Arthur no instante em que o menino passava por ele.

— Obrigado! — agradeceu Arthur, muito espantado.

— Anda! Bota todo mundo pra dançar! — ordenou ao DJ, que, imediatamente, levantou a agulha de safira e trocou de faixa.

A trilha sonora mudou para a do filme *Amor, sublime amor*.

Arthur posicionou-se ao lado de Selenia, e os seídas começaram a cercar o casal.

Betamecha, que seguira o koolo que roubara o seu canivete, sugeriu gentilmente:

— Se você apertar o 75, sairá um sabre de *laser*. É um clássico, mas muito eficaz.

— É mesmo? Puxa! Obrigado, garoto — respondeu o koolo, sempre viajando nos vapores do fumo de raiz.

Ele apertou o 75. Uma chama monstruosa queimou tudo o que havia ao redor do canivete, ou seja, nada muito importante. O corpo do koolomassai ficou onde estava, mas a cabeça foi reduzida a cinzas. Betamecha recuperou seu canivete.

— Mil desculpas, acho que eu me enganei. Talvez seja o 57.

Betamecha apertou o 57 e o canivete soltou um sabre de *laser* de cor azul metálico.

— Agora sim!

Quando os outros seídas viram o *laser*, eles se afastaram, e Betamecha pôde reunir-se com Arthur e Selenia.

Os três estavam novamente juntos, embora mais para o mal do que para o bem.

Eles se colocaram de costas uns contra os outros com as espadas apontadas para a frente, formando um triângulo ameaçador.

Os seídas soltaram seu famoso grito, e a briga começou.

TocaBaixo colocou as luvas cortadas nas pontas, segurou o disco pela borda e começou a arranhá-lo. A briga naquele momento seguia outro ritmo, melhor do que um *break*.

Comprovando sua agilidade e destreza, Selenia encadeava golpes de espada com a graça e a habilidade de um verdadeiro espadachim.

A arma de Betamecha era mais fácil de manejar, e ele derrubava os seídas no chão como pinos no boliche.

Arthur tinha menos experiência, porém era bastante ágil para evitar os golpes. Ele ergueu a espada na tentativa de evitar um ataque, mas um seída pulverizou sua arma.

Max ficou decepcionado.

– Xiii! Coitado do garoto. Quem foi que deu a ele uma arma de tão péssima qualidade? – comentou com falsa compaixão.

TocaBaixo olhou para ele, e os dois pilantras começaram a rir como hienas.

Arthur corria pela pista de dança tentando se esquivar dos golpes que choviam de todos os lados. Por fim refugiou-se do outro lado da agulha de safira. Os seídas não conseguiam agarrar aquela espécie de enguia escorregadia que saltava pelas trilhas do disco e esbarrava constantemente na agulha, a qual pulava pelos sulcos arranhando a música como se fosse um *hip-hop* maravilhoso.

– O garoto tem o ritmo no sangue – constatou Max, que também era um dançarino profissional.

Três seídas, também com sabres de *laser*, plantaram-se na frente de Betamecha.

– Três contra um? Vocês não têm vergonha? Mas não faz mal, eu vou triplicar a força.

Ele apertou um botão que retraiu o sabre de *laser* e fez aparecer um maço de flores.

– Bonito, né? – disse meio sem jeito por ter apertado o botão errado.

Os seídas soltaram seu grito típico e avançaram para cima do pequeno príncipe, que saiu correndo e enfiou-se debaixo da mesa em que Arthur já se encontrava escondido.

– Minha espada enguiçou! – explicou Betamecha, tentando descobrir o botão certo.

– A minha também! – respondeu Arthur, mostrando o que restara dela: um pedaço do cabo.

Um dos seídas aproximou-se da mesa e cortou-a ao meio com apenas um golpe do sabre de *laser*.

Os dois amigos rolaram pelo chão, cada um para um lado.

– Em compensação, a dele funciona muito bem – disse Arthur, bastante preocupado com o cerco dos seídas, que aumentava cada vez mais.

* * *

Muito nervoso, Betamecha abria e fechava todas as funções do canivete até que, finalmente, conseguiu encontrar uma arma, um bolineto, ou seja, um minúsculo tubo que soltava bolas de sabão à velocidade de cem bolas por segundo. Uma nuvem formou-se rapidamente. Embora não fosse muito ameaçadora, ela era extremamente útil para ajudar, a quem a manipulasse, a 'desaparecer' da vista do inimigo.

Foi assim que os seídas acabaram perdendo a pista dos dois fugitivos. Loucos de raiva, golpeavam o ar com as espadas e explodiam com ferocidade as bonitas bolas de sabão multicoloridas.

Selenia matou um dos guerreiros e ajoelhou-se com a espada erguida por cima da cabeça para bloquear o ataque de outro. Ao mesmo tempo, ela arrancou o punhal que o seída levava preso na perna e o enfiou no pé do guerreiro. O seída ficou paralisado de dor.

– Ei! Cuidado! Não estrague meu disco! – avisou Max a Arthur.

O menino saiu de quatro do meio da nuvem de bolas de sabão, tropeçou na mochila de Betamecha e, depois, nos pés de um dos seídas. O guerreiro levantou a espada bem devagar, parecendo saborear cada segundo daquele momento.

Arthur estava perdido. Ele pegou algumas bolinhas de vidro que haviam rolado da mochila de Betamecha e as jogou aos pés do guerreiro. Elas tanto poderiam salvá-lo como pôr um fim ao seu sofrimento. Em todo caso, ele não tinha nada a perder. As bolinhas de vidro quebraram-se aos pés do seída, que, muito curioso, parou. Como por encanto, um belíssimo maço de flores magníficas abriu-se em menos de um segundo. Era maior do que o seída.

– Ah! Flores! Que gentileza! – disse, juntando as mãos em agradecimento.

Ele contornou as flores e aproximou-se de Arthur, que começou a recuar de joelhos.

– Vou colocá-las no seu túmulo – disse o guerreiro brandindo a espada.

Cego de maldade, o seída não viu quando a flor gigantesca abriu uma enorme boca atrás dele. A bela planta cravou os dentes na parte superior do seída e começou a mastigá-lo bem devagar. A outra metade do guerreiro ficou imóvel, aguardando sua vez.

Estupefato, Arthur viu aquela flor monstruosa engolir todo o seída e arrotar com prazer.

– Bom apetite! – desejou, por fim, enojado.

Betamecha apertou outro botão. Desta vez ele não podia errar, pois os três seídas em volta dele não pareciam estar para brincadeira. Um sabre de *laser* com três raios saiu do canivete. Betamecha sorriu e mostrou a arma orgulhosamente. Os seídas se entreolharam. Depois cada um apertou um botão do seu sabre de *laser*, que, por sua vez, formou outro sabre de *laser* com seis raios giratórios. O minimoy ficou petrificado.

– Esse modelo é novo? – perguntou como se estivesse interessado em comprar a mercadoria.

O seída que estava na frente dele fez que 'sim' com a cabeça e deu um golpe com o sabre de forma tão violenta que a arma de Betamecha voou pelos ares. O raio contraiu-se, e o canivete deslizou pelo chão até ser barrado por um pé calçado em uma bota de guerreiro seída coberta de sangue seco, tamanho 48.

TocaBaixo segurou o disco e interrompeu a música aos poucos. A pista de dança giratória diminuiu de velocidade até parar por completo. O combate foi interrompido, e o silêncio que se instalou parecia saudar seu mestre: Darkos, o Príncipe das Tênebras, filho de Maltazard.

Enquanto isso, Betamecha, Selenia e Arthur se reuniram novamente. Max parecia preocupado.

Darkos tinha a postura de um seída, mas a estatura era muito mais imponente e a armadura muito mais assustadora. Estava armado como um avião de caça e parecia carregar sobre si todas as armas existentes nas Sete Terras. Todas, menos aquele canivete que continuava preso debaixo de seu pé. Darkos abaixou-se e o pegou.

– E aí, Max? Está dando uma festinha e não avisa os amigos? – perguntou em tom de brincadeira, girando o canivete entre os dedos.

– Não é nada oficial – garantiu Max, sorrindo para disfarçar o mal-estar geral. – É apenas uma reuniãozinha improvisada para conquistar novos clientes.

– Novos? – perguntou o seída fingindo surpresa. – Eu preciso ver isso.

Os guerreiros afastaram-se para as laterais da pista de dança e revelaram nossos três heróis, mais colados uns nos outros do que nunca. Quando se aproximou deles, Darkos reconheceu a princesa e abriu um grande sorriso de satisfação.

– Princesa Selenia! Mas que surpresa agradável! – disse, parando na frente dela. – Mas o que uma pessoa da sua posição está fazendo em um lugar como este a esta hora?

– Nós viemos dançar um pouco – respondeu Selenia, com elegância.

Darkos agarrou a deixa.

– Então vamos dançar – disse, estalando os dedos.

Um dos seídas deu um pontapé no braço da vitrola, fazendo a agulha parar bem em um samba-canção.

Darkos fez uma pequena reverência e abriu os braços.

– Eu prefiro morrer a ter de dançar com você, Darkos – asseverou Selenia calmamente, como se estivesse apertando um botão prestes a lançar uma bomba atômica.

Inquietos, os seídas se afastaram mais do grupo. Cada vez que alguém insultava Darkos, especialmente na frente de outras pessoas, os danos sempre eram consideráveis.

Com um sorriso maquiavélico nos lábios, o Príncipe das Trevas aprumou o corpo lentamente.

– Seu desejo é uma ordem, princesa – disse desembainhando uma espada imensa. – Você vai dançar por toda a eternidade.

Darkos ergueu a arma por cima da cabeça e preparou-se para cortar Selenia em pedaços.

— E o que dirá seu pai se você fizer isso? — perguntou a princesa tranqüilamente.

A fera interrompeu de imediato o movimento do braço.

— O que dirá seu pai, M., o Maldito, quando você anunciar que matou a princesa, o objeto do seu desejo? A única capaz de lhe conceder o poder supremo que ele tanto almeja?

Selenia tocara em seu calcanhar-de-aquiles. Aquelas palavras ecoaram na mente do filho de M.

— Você acha que ele vai lhe dar os parabéns? Ou será que mandará queimá-lo no licor da morte, como queimou todos os outros filhos?

Os seídas começaram a ficar agitados. Todos estavam à beira de um ataque de nervos. Selenia, porém, sabia perfeitamente o que estava dizendo, e Darkos abaixou a espada devagar.

— Você tem razão, Selenia. Obrigado por me lembrar disso — agradeceu Darkos, enfiando a espada na bainha. — É verdade que, morta, você não tem nenhum valor. Mas viva...

E sorriu orgulhoso como se a idéia tivesse sido sua.

Como se lesse os pensamentos de Darkos, Max ordenou:

— TocaBaixo, vamos fechar!

O DJ foi imediatamente para os fundos da danceteria.

— Levem-nos! — gritou Darkos. No mesmo instante, cerca de trinta seídas rodearam os três companheiros.

Arthur olhou para aquela onda de guerreiros que avançava em sua direção como um surfista olha para um *tsunami*.

— Vamos precisar de um milagre!

– Quando a causa é justa, a morte é insignificante – declarou Selenia, pronta para morrer como uma princesa.

Ela apontou a espada para a frente e deu um grito para criar coragem.

Selenia gritou com tanta força que a luz se apagou, a menos que TocaBaixo a tivesse desligado. Seja como for, todos ficaram no escuro, apavorados. Ouviam-se ruídos de ferro, botas, lâminas se entrechocando, dentes que rangiam ou mordiam, vozes:

– Consegui!... – Eles estão aqui!... – Peguei um!... – Me larga, seu imbecil!... – Desculpe, chefe!... – Ai!... – Quem foi que me mordeu?

Max riscou um fósforo, que iluminou seu rosto sorridente, e acendeu um charuto de fumo de raiz para saborear melhor o espetáculo. Darkos aproximou-se do ponto de luz incandescente. Estava furioso, e a ponta vermelha do charuto aceso não melhorava nada aquela situação.

– O que está acontecendo? – perguntou enraivecido.

– São dez horas, hora de fechar.

– O quê? Você agora está fechando às dez horas? – espantou-se Darkos, cada vez mais furioso.

– Alteza, eu só estou obedecendo às suas próprias ordens – respondeu Max com a devoção de um súdito.

Darkos estava com tanta raiva que mal conseguia falar.

– Esta é uma ocasião excepcional! Reabra a danceteria!

O grito foi tão forte que quase explodiu os mais resistentes tímpanos.

Max deu outra baforada no charuto.

– Tudo bem – concordou, com a maior tranqüilidade do mundo.

TocaBaixo retirou a pequena capa de plástico que cobria as pilhas, e a luz voltou.

No centro da pista de dança havia um monte de seídas embolados. Parecia uma partida de rúgbi que acabara mal. Darkos aproximou-se da pilha de seídas, que começavam a se desvencilhar uns dos outros de forma destrambelhada.

Embora um pouco esfrangalhados, os últimos que ficaram em pé exibiam com orgulho os três prisioneiros amarrados dos pés à cabeça.

Darkos olhou para eles, depois observou em volta como se procurasse uma câmera de cinema escondida. Os três prisioneiros eram nada mais do que três seídas, e nossos heróis tinham desaparecido. E não havia nenhuma câmera de cinema: estava mais para vídeo de programa de pegadinhas.

Parado em seu canto, Max deu uma risadinha.

– Mas que princesinha mais danada!

Darkos estava a ponto de explodir como um foguete na hora da decolagem.

– Atrás deles! – gritou em uma voz de trovão que parecia sem fim.

capítulo 18

A voz de Darkos ressoou até o subsolo, onde Selenia, Betamecha e Arthur haviam se escondido.

– Vocês ouviram esse grito? É animalesco! – comentou Betamecha.

– Só espero que Max e seus amigos não sofram por nossa causa – comentou a princesa, preocupada.

– Não se preocupe com ele – respondeu Arthur. – Max tem uma conversa fiada de primeira. Tenho certeza de que ficará bem.

Selenia suspirou. Ela não queria ir embora, mas Arthur tinha toda razão.

– Vamos! Lembre-se de que o tempo está passando e a gente tem uma missão a cumprir – advertiu Arthur, puxando-a pelo braço.

Selenia acompanhou-o, e os três partiram.

Durante algum tempo, os três seguiram por uma calçada estreita, esverdeada e úmida, que se estendia ao longo de um muro de concreto que parecia não terminar nunca, até esbarrarem em uma espécie de placa gigantesca de ferro fundido com um buraco no meio, que devia ser uma antiga entrada de algum esgoto. Selenia deitou-se de bruços na frente do buraco.

A abertura era pequena. Mal dava para passar por ela. No interior, as paredes enlameadas pareciam não ter fim. O tubo era tão convidativo como um oleoduto.

– Pronto. É aqui – disse a princesa, engolindo em seco.

– É aqui o quê? – perguntou Arthur, fingindo que não entendera.

– O caminho mais rápido, a ida sem volta para Necrópolis – explicou Selenia, sem tirar os olhos daquele buraco sem fundo. – Aqui começa o desconhecido. Nenhum minimoy jamais voltou dessa cidade-pesadelo. Portanto pensem bem antes de me seguirem – avisou a princesa.

Os três amigos olharam-se em silêncio. Cada um rememorou a aventura incrível pela qual tinham acabado de passar. Arthur olhava embevecido para Selenia, como se a visse pela última vez.

Selenia conteve as lágrimas, dando um sorriso forçado. Ela queria tanto dizer algumas palavras gentis, mas isso só tornaria a separação mais difícil.

Arthur estendeu a mão lentamente por cima do buraco.

– Meu futuro está ligado ao seu, Selenia. Meu futuro é ao seu lado.

A princesa sentiu um arrepio percorrer suas costas. Se o protocolo permitisse, teria se jogado nos braços de Arthur.

Ela colocou a mão sobre a mão de Arthur, e Betamecha cobriu as duas com a dele.

E assim os três selaram um pacto: iriam juntos até o fim, para o bem ou para o mal. E começariam pelo mal.

– Com a graça dos deuses! – disse a princesa, muito solene.

– Com a graça dos deuses! – repetiram os dois meninos.

Selenia inspirou profundamente e pulou dentro do buraco lamacento. Sem pensar duas vezes, Betamecha tapou o nariz e pulou atrás da irmã, sendo engolido pelo buraco.

Arthur ficou parado um instante, impressionado com aquele poço que engolia os corpos como areia movediça. Depois, inspirou e pulou de pés juntos dentro do tubo.

– A nós, Maltazard! – gritou antes de ser engolido pela lama e desaparecer na escuridão.

Ele acabara de pronunciar o nome maldito novamente. Esperemos que, desta vez, esse nome lhe traga sorte.

arthur conseguirá encontrar o tesouro a tempo de salvar a casa da avó?
Encontrará o avô Arquibaldo?
Salvará a Terra dos Minimoys?
Enfrentará Maltazard?
E o mais difícil: confessará seu amor à princesa Selenia?
Tudo isso e muito mais será revelado no
Volume 2 das aventuras de Arthur:

arthur
e a cidade proibida